ORUN
en vijftien anderen

Daniël Op de Beeck

ORUN
en vijftien anderen

Ter | SKRIBIS

INHOUD

ORUN

Als jong kind werd Orun achtergelaten bij een oude oom die de mensentaal niet machtig was. De echte naam van het kind werd traag voor hem uitgesproken, maar bleef in het oude hoofd hangen als Orun. Wanneer de oom de naam oefende, klonk hij als de roep van de zwarte vogels die soms boven de akkers cirkelden. Nooit zou het kind zijn naam anders horen dan als een donker natuurgeluid. En altijd zou hij klinken als een bevel, of als een verwijt.

De jongen groeide op tussen de varkens, in het gezelschap van twee ruwharige waakhonden. Met hen voelde hij zich het meest verbonden, omdat ook hun namen als gevloek over het erf galmden. Ze gaven hem een gevoel van veiligheid bij zijn tochten door het bos en wanneer nachtelijke geluiden hem uit zijn slaap hielden. Vervaarlijke dieren waren het, wild en ontembaar. Het waren bastaarden van bastaarden, die zelfs de moedigste onder de wolven terug het bos in dreven. Maar de jongen schonken ze een vreemd gevoel van geborgenheid.

De oude oom leefde van wat het land hem te bieden had en van de dieren die hij kon vangen in het bos, dat uitliep tot vlakbij zijn huis. Hij leerde de jongen hoe hij voor de varkens en de gewassen moest zorgen. Dat deed hij zonder woorden, omdat hij geen woorden kende. Hij gebruikte klanken die voor hem betekenissen hadden en die samen zijn taal vormden. Ze waren kort en hard, maar af en toe kon Orun er een grappige melodie in horen. Dat was meestal in de lente en op zachte zomerdagen, nooit tijdens de lange winters. De jongen leerde deze taal begrijpen en begon ze na enige tijd ook zelf te gebruiken.

Geen mens kwam ooit in de buurt van het afgelegen huis aan de bosrand. Er was niets te koop en vriendschap was er niet te vinden. Verdwaalde reizigers werden ontmoedigd door de blikken van de waakhonden, die met snelle bewegingen de grenzen van het domein zichtbaar maakten. Orun zag alleen de schichtige knaagdieren die zich tot aan de bosrand waagden en soms over de velden liepen op zoek naar vergeten vruchten. Mensen waren voor hem zo vreemd, dat hij ze nauwelijks kon herkennen als soortgenoten van zijn oude oom. En een beeld van zichzelf had hij nog nooit gezien.

Een enkele keer kwam een rondtrekkende handelaar touwen en kettingen verkopen. Zijn blik schatte de waarde in van alles wat hij zag, tot hij Orun opmerkte. De jongen voelde hoe de man zijn gezicht in zich opnam, hoe hij staarde naar de huidplooien en naar de zwelling in zijn nek. Voor de handelaar was het de ruwste huid die hij ooit had gezien, met diepliggend vuil dat alleen door de regen kon worden weggewassen. Pas toen de oude oom hem een duw gaf, keerde de handelaar terug naar zijn zaken en overhandigde de gewenste ketting. Orun zag hoe de man zijn blik niet van hem kon lostrekken en achterom bleef kijken terwijl hij het erf verliet. Dagenlang kon de jongen de felle ogen niet uit zijn gedachten zetten.

Zijn lichaam groeide, maar niet zoals de natuur dat

meestal liet gebeuren. Een ongewone kromming van de ruggengraat zorgde voor een vreemde manier van lopen. Maar dat stoorde Orun niet, want de honden maakte het niets uit en zijn oom bekeek hem nauwelijks. Al gauw ondervond hij bij het lopen het gemak van een dikke, rechte tak, die hij in het bos had gevonden. Het werd zijn derde been, bleek en glad, nadat hij de schors had weggesneden. Aan die tak trok hij zichzelf overeind als hij zijn hoofd dicht bij de hondenkoppen had gehouden om hun warme tongen te voelen. En hij gaf hem de nodige zekerheid als hij over een greppel sprong.

De kleren die Orun droeg, werden met lappen vergroot naarmate zijn lichaam groeide. Grommend toonde de oude oom hoe de dikke naald in de grof geweven stof werd geduwd en hoe de draad strak werd getrokken. De lappen werden gesneden uit oude, muffe kledingstukken, die in een kist achter in het huis werden bewaard. Na enkele naailessen verstelde de jongen zelf één keer per jaar zijn zomerhemd, zijn winterjas en zijn broek voor alle seizoenen. Met stukken van bruin katoen, bruine jute en hier en daar een lap dik, bruin leer werd het iedere keer weer een vreemd geheel. Steeds hetzelfde en steeds verschillend. De tinten pasten bij zijn vuile, getaande huid en zelfs bij zijn bleke stok, die met de jaren donkerder werd. Ook de honden met hun grauwe haren, grijsbruin van het slijk, leken deel uit te maken van het gesloten geheel. Ze vormden samen een vreemde drie-eenheid.

Eén keer per jaar ging de oom naar het dorp om spullen te kopen die hij zelf niet kon maken. Orun bleef altijd thuis tot de oude man de tijd rijp achtte om hem mee te nemen. Zijn pogingen om de honden alleen bij het huis te laten, draaiden op niets uit. Ze lieten zich niet gewillig ketenen zoals vroeger, toen Orun er nog niet was. Met verwilderde blikken liepen ze zwaar hijgend over het erf, alsof er een onweersdreiging was. De oom brulde en sloeg hen met zijn stok, tot hij begreep dat hij niet langer hun meester was. Ze gingen zitten, links en rechts van de kromme jongen en kalmeerden langzaam.

Woest liep de oude man in de richting van het pad dat naar het dorp leidde. Bang om al meteen de weg kwijt te raken, liep Orun achter hem aan en vergat daarbij zijn tak. De honden volgden opgewonden en blaften.

De weg naar het dorp leek lang. Voor de oom, die al snel zijn oude botten voelde tegenwerken en voor Orun, die nog nooit in zijn leven zo ver had gelopen. Genadeloos verhitte de zon de zwakke lichamen en putte ze uit voor ze het dorp bereikten. Voor Orun was het de eerste beproeving, voor de oude man zou het de laatste worden.

Enkele dorpskinderen hadden hard gelopen om de bezoekers aan te kondigen en kijklustigen op te trommelen. Het jaarlijkse bezoek van de oude zonderling was voor de dorpelingen iedere keer een vrolijke gebeurtenis. Zonder te begrijpen waarom, had hij steeds de hoofdrol gespeeld in een toneelstuk dat de hele middag duurde. Voor de inwoners was het een openluchttheater, waarbij ze zelf het verloop bepaalden. Ernstig imiteerden ze de klanken van zijn taal als hij iets wou kopen en ze brachten hem in de war door onzinnige voorwerpen te tonen.

Als zijn geduld ten einde was en hij kwaad begon te worden, goten ze zijn glas boordevol bier. Het gebeuren eindigde ieder jaar weer met een applaus voor zijn stomdronken gebral in een toch al onbegrijpelijke taal.

Dit jaar zou de voorstelling een buitengewone uitvoering krijgen, met een nieuwe speler. Het tweetal werd ongeduldig opgewacht door de dorpelingen, die zich aan weerszijden van de weg hadden opgesteld. Terwijl de oude oom niets kreeg van de jaarlijkse aandacht, werd Orun aangestaard door meer mensen dan hij zich had kunnen inbeelden. Thuis had hij eens in de verte drie verdwaalde reizigers gezien, die hem door hun aantal hadden verbaasd. De jongen kon de samengedromde dorpelingen geen plaats geven in zijn wereldbeeld, omdat ze er simpelweg niet in pasten. Hij begreep niet waar ze plotseling vandaan waren gekomen en waarvoor ze dienden.

De vertoning verliep anders dan gehoopt. De dorpelingen waren op de oude man langzamerhand uitgekeken, zeker nu hij uitgeput en zwijgend op zijn stoel zat. Met korte handgebaren wees hij aan wat hij nodig had, voor het eerst zonder klanken. Niemand kreeg het spel op gang en de pogingen werden zielig. Het applaus zou uitblijven, de speler was uitgespeeld. En de jongen bracht geen nieuwe vooruitzichten, zoals gehoopt. Als versteend wachtte hij tussen de ruwharige bewakers tot zijn oom het nodige had gekocht.

De jongeren van het dorp staarden Orun aan, samen met enkele ouderen die voor hun huizen op een bankje zaten. Zo vormden tientallen ogen een omsingeling waaruit geen ontsnapping mogelijk leek. Maar er gebeurde helemaal niets. Niemand stapte naar voren, de kring werd niet kleiner en er werd niet geroepen. Af en toe zette iemand zich opzij om beter te kunnen kijken.

Een lelijke jongen zonder haar liep de hele kring rond

om Orun recht in het gezicht aan te kijken. Met zijn hand maakte hij een boogvormige beweging, die de aandacht op de kromme rug van de jongen moest vestigen. Het jongste kind uit de kring verborg zich huilend achter zijn grote broer, maar bleef toch kijken. Een ander kind liep naar de ouderen op de bank en vond bescherming in de armen van zijn grootmoeder.

De lege plaatsen in de kring werden algauw opgevuld door twee oude mannen, die het tijd vonden om hun aanwezigheid te laten gelden. Maar ook zij zeiden uiteindelijk niets en keken Orun aan, terwijl ze alleen maar gromden en zuchtten. Eén van hen spuwde in de kring en veegde met de rug van zijn hand zijn mond af. Even dacht de jongen dat de bruine vlek op de grond een aanvalsteken was. Angstig stootte hij een klank uit, zodat de honden onmiddellijk rechtop gingen staan.

Orun keek om zich heen om de hele mensenkring in zich op te nemen. Hij zag geen vijandigheid, geen enkele houding die gevaar kon betekenen, niet één voorwerp dat als wapen kon worden gebruikt. Het leek voor niemand duidelijk hoe dit moest eindigen. De jongen leek omsloten door versteende bewakers, die staarden alsof ze een wonder verwachtten. Elke omstander trachtte voor zichzelf in te schatten of de jongen van het goede of van het kwade afkomstig was. Was het een lelijke gezant van het licht, die hun mededogen op de proef stelde, of was het de duivel, die zich nauwelijks had vermomd? Hoe meer tijd er verstreek, hoe meer de twijfel groeide. Ook de ouderen durfden geen stelling te nemen, zij hadden net zoveel te verliezen als de jongeren.

Orun begon van streek te raken. Bovendien drukten de wervels van zijn kromme rug op elkaar, zodat hij steun moest zoeken bij de honden. Langzaam liet hij zich op zijn knieën zakken en samen met zijn lichaam gingen ook alle blikken naar beneden. De kring van ogen gunde hem geen rust, het staren bleef doorgaan.

De middagzon leek een bondgenoot, die de hitte in de kijkcirkel liet toenemen. Orun zat op handen en knieën, als een verslagen strijder die nooit meer overeind zou komen en zijn lot in vreemde handen had gelegd. Ondanks de dreiging die van de grote honden uitging, was het nu duidelijk dat de kromme jongen geen enkel risico betekende voor de omstanders. Hij was verloren nog voor er iets was gebeurd, het leek alsof hij wachtte op de genadeslag.

Uiteindelijk stapten de twee ouderen heel traag naar het midden van de kring en knielden neer bij de jongen. Ze bewaarden wel een zekere afstand, uit angst voor de honden en voor een mogelijke duivel. De vragen die ze voorzichtig stelden, bleven onbeantwoord. Voor Orun waren het slechts vreemde klanken.

Hij keek naar hun ogen, die nu erg dichtbij waren en hem helemaal aftastten. De oudste van de twee bracht zijn hand naar het gezicht van de jongen en liet ze rusten op de ruwe, bruine huid. Zo kon Orun voor het eerst een blik echt voelen, hoe ze bleef hangen en hoe ze gleed. De tastbare blik van de oude man verlamde Orun, wat de andere grijsaard aanmoedigde om ook van dichtbij te komen kijken. De ineengedoken jongen wist nu dat er niemand was zoals hij, dat geen van de omstanders ook maar een beetje op hem leek. Bijna begon hij te denken dat de blikken van de oude mannen hem nooit meer zouden loslaten en dat ze zijn lichaam zouden beschadigen. Ze brachten hem in ademnood, de geknielde mannen en hun medestanders.

Orun boog zijn hoofd zo diep als hij kon en keek naar de grond. Zo kroop hij op handen en knieën naar de rand van de kring, geflankeerd door de honden. De grond onder hem lag vol witte keien die schitterden in de zon en hem aan ogen deden denken. Vanaf nu zou alles naar hem kijken, alles, dat wist hij. De mensenkring opende zich voor de kruipende jongen, maar de blikken bleven hem volgen. Orun dacht niet meer aan zijn oude oom en kroop verder, met aan elke zijde een hond. Aan de rand van het kleine dorpsplein vond hij een dikke, gladde stok, die leek op de tak die hij thuis was vergeten en waaraan hij zich kon optrekken.

Nooit zag hij zijn oude oom terug. Was hij in het dorp gebleven of onderweg gevallen en nooit meer overeind gekomen? Orun vergat zich die vraag te stellen. Gelukkig werden de honden stokoud, ouder dan honden meestal worden. Zo leek de natuur op een vreemde manier toch wat te zorgen voor haar afwijkingen. De jongen had genoeg geleerd van de oude broer van zijn vader om zichzelf in leven te houden. In het kleine huis, dat door bos en velden werd omsloten, vond hij geborgenheid in de volstrekte afzondering.

Het verdwijnen van de oude man had hem geen gevoel van gemis gegeven. In het geheugen van de jongen was er geen plaats voor het verleden, er waren alleen de tastbare honden van het heden. Van alles wat er was geweest, bleven alleen de vele ogen over, die hem dikwijls ook in zijn dromen nog bekeken.

Op zijn laatste dag maakte Orun een wandeling door het moerasachtige gebied dat zich ver achter het bos bevond. Hij kende niets van de onzichtbare kracht van de bodem, die hem deed denken aan weke grond na langdurige regen.

Pas toen hij zijn knieën niet meer omhoog kon trekken, begon hij te brullen. De heftigheid van zijn bewegingen maakte de bodem nog weker en het zuigen krachtiger. De kromme jongen sloeg wild met zijn tak, die hem altijd steun had gegeven en die uiteindelijk nog lang schuin naar de hemel zou blijven wijzen.

Orun werd omsloten door een vreemdsoortige grond die hem gedurende vele honderden jaren tegen mogelijke blikken zou beschermden en tegelijk tegen volledige ontbinding.

De turfstekers die het lichaam vonden, wisten wat hun te doen stond. Regelmatig haalden ze voorwerpen uit de grond die ze mee naar huis namen. Met de dieren die ze vonden, lieten sommigen hun kinderen huiveren, maar voor een mens had iedereen ontzag. De anders zo ruwe mannen veegden voorzichtig de grond uit de plooien van het verstarde lichaam en legden het neer als een pasgeboren kind.

De burgemeester liet de vondst van de turfstekers in een berghok van het gemeentehuis neerleggen. Het rek waarop Orun terechtkwam, lag vol met stukken van bruine lichamen die weinig indruk hadden gemaakt in het veendorp. Pas toen een gepensioneerde archeoloog er een halve eeuw later een huisje kocht, werd de kromme jongen voor de tweede keer ontdekt.

Orun werd opeens beschouwd als een prachtexemplaar, met een schat aan informatie op en in zijn lichaam. Experts op alle terreinen vormden een wetenschappelijk team, dat het lichaam maandenlang intensief bestudeerde. Het volledige huidoppervlak werd van zeer dichtbij onderzocht, de ingewanden doorgelicht, de maaginhoud ontleed. Honderden foto's werden gemaakt en verzameld in een wetenschappelijk werk dat de wereld rondging. Orun haalde zowel de voorpagina's van vakbladen als die van gewone kranten, die soms zelfs een extra bijlage toevoegden.

Het Natuurhistorisch Museum liet in de centrale zaal een kubusvormige ruimte bouwen die Orun als topstuk van de collectie omsloot. In een geklimatiseerde glazen kist gleed een discreet aangebrachte camera traag langs het lichaam heen en weer. De ononderbroken opname werd getoond op een gigantisch scherm dat tegen de achterwand van de kubus was aangebracht. De bijna zwarte, haast leerachtige huid gaf elk detail prijs aan het verblufte publiek. Oneffenheden werden opgeblazen tot een berglandschap, haartjes werden een halve meter lang en zo dik als een vinger. De lichtjes geopende mond toonde reusachtige, okerbruine tanden, met gaatjes die aan grotten deden denken.

Het museum zou jaarlijks duizenden bezoekers ontvangen, die eigenlijk alleen kwamen om zich minutenlang te vergapen aan de uitvergrote, kromme jongen.

MELANIE

I

Melanie was vandaag alweer te voet naar het dorp geweest. Gisteren was ze ook gegaan en de dag daarvoor had ze het zichzelf met moeite kunnen verbieden. Ze zou ook de fiets kunnen nemen, maar dat deed ze niet omdat ze dan te snel terug was.

In het winkeltje waar ze boodschappen deed, vergat ze opzettelijk dingen te kopen, zodat ze de dag daarna terug kon gaan. Daar had ze geen enkele reden voor, want in haar keukenkasten stond zo ongeveer alles wat er in het winkeltje te koop was. Bovendien wist ze dat de winkelier een hekel had aan haar soort klanten. Hij moest zich telkens uit zijn fauteuil omhoog hijsen en naar de winkelruimte sloffen om enkele pakjes uit het rek te halen en zijn kassa te openen. De luttele centen die hij daarin kon gooien, waren onvoldoende om de slijtage aan zijn knoken en pezen te vergoeden. Zo had hij het ooit eens gezegd.

Melanie groette hem altijd met een knikje en hij haar met een zucht. De enige woorden die hij tegen haar zei, duidden het kleine bedrag aan dat ze moest neertellen. Dat deed ze altijd in de kleinste muntjes en dan wachtte ze tot de winkelier het hoopje in de juiste vakjes van zijn kassa had verdeeld. Voor ze de deur met het belletje achter zich dichttrok, wenste ze de oude man met zijn schort nog een goede dag toe, meestal net iets te nadrukkelijk.

Dan liep ze in de richting van de kerk, langs een vitrine waar ze altijd keek naar de jurk die ze nooit zou kopen omdat ze hem te duur vond. En natuurlijk ook omdat hij niet in haar maat te verkrijgen was. Hij hing er al jaren, behalve in de winterperiodes, wanneer de pop een jas om de smalle schouders kreeg. Ook die jas meende ze telkens weer te herkennen als de seizoenen wisselden. De vrouwen van het dorp waren blijkbaar erg zuinig op hun kleren.

Verderop keek ze onopvallend even door de vuile vensters van het café, een donker krocht waar alleen het glaswerk achter de bar verlicht was. Melanie hield niet van cafés en zeker niet zo dicht bij de kerk.

De dorpskerk werd omgeven door oude zerken, wat een erg pittoresk beeld gaf. Daarom was dit geheel terechtgekomen in een toeristische gids, zodat er af en toe vreemde bezoekers ronddoolden. Ook Melanie ging soms wel eens kijken naar de bemoste stenen, omdat ze wat nostalgisch van aard was. Ze kon het dan niet laten om de geboortejaren af te trekken van de overlijdensjaren. De verschillen vergeleek ze dan met haar eigen leeftijd, om te zien waar ze zelf ongeveer stond.

Meestal ging ze daarna even rusten op de bank die bij de poort van het kerkhof stond. Dan dacht ze na over haar leven, dat kinderloos was gebleven en over een man die er nooit was geweest. Ze overdacht de veertig jaren die ze bij een notaris had gewerkt zonder één enkele dag ziekteverzuim. Ze waren samen begonnen en samen met pensioen gegaan, nooit had de notaris een andere secretaresse gehad en zij nooit een andere baas. Van nature waren ze allebei zwijgzaam, ze werkten in stilte en praatten alleen over de dossiers, met een wederzijds respect. Al die jaren waren versmolten tot een eindeloze vlakte.

Voor ze terug naar huis wandelde, ging ze nog bij haar halfzus langs, die in een rolstoel zat en zelf geen bezoekjes kon afleggen. Dat deed ze twee keer per week, op dinsdag en donderdag. Op zondag ging ze ook, maar dan bracht ze een stukje taart mee en bleef ze wat langer. Ze zeiden nooit veel, zij en Irma, maar toch keken ze allebei uit naar de bezoekjes. Dan durfden ze wel eens te lachen om zichzelf, twee oude vrijsters die herinneringen ophaalden waarvan geen enkele de moeite waard was om na te vertellen. Niets hadden ze beleefd, ze hadden gewoon zichzelf voorzichtig in leven gehouden, muisstil en zonder sporen na te laten. Een groot deel van de tijd zaten ze tegenover elkaar met dezelfde gedachten, de handen gevouwen in de schoot.

Naast het huis van Irma lag een pad dat uitliep op een landweg. Dat was het mooiste deel van de tocht naar huis, omdat het langs akkers en weiden liep. Melanie kuierde langs de bermen, waar ze een ruime keuze had om haar dagelijkse boeket samen te stellen. Ze had niets op met dure bloemen die gekweekt en gekruist waren om te behagen. De gewone veldbloemen die ze hier vond, waren oprecht en eenvoudig, ze waren zoals haar jeugd op het land. En ze verschenen en verdwenen met de seizoenen, in tegenstelling tot die pronkstukken, die het hele jaar door in serres werden gekoesterd.

Thuis legde ze het boeket van de vorige dag op de composthoop in de tuin en spoelde de vaas om. Dan schikte ze de nieuwe bloemen tot een mooi geheel, waarbij kleur en vorm evenwichtig verdeeld waren. De vaas, die nog van haar moeder was geweest, kreeg altijd een plaats midden op de tafel waaraan ze drie keer per dag at. Al die standvastigheid schonk haar een stil genoegen, ze hield van herhaling en voorspelbaarheid. De tevredenheid die daar vanzelf uit voortvloeide, was volgens haar voorzien door het Hogere. Melanie vond dat het geluk zich gemakkelijk liet vangen.

Dan was het poezentijd. Elke dag kreeg de zwarte kater een uur speciale aandacht. Melanie vond dat hij helemaal paste bij een leeftijdloze kwezel, zoals ze zichzelf in gedachten altijd noemde. Een heks die buiten het dorp woonde, in een huisje zonder buren. Iemand die zomaar wat rondscharrelde en veldbloemen plukte, en die geen vrienden had.

De heksenkat wist wanneer het zijn tijd van de dag was. Als de bloemen in de vaas stonden en het glaasje met port was gevuld, gingen ze samen naar de kleine serre die tegen de achtergevel was aangebouwd. Daar ging Melanie in de fauteuil zitten die ooit deel uitmaakte van de salon en dan sprong de kater op haar schoot. Eerst werd het dier uitvoerig gestreeld, waarbij het al zijn lichaamsdelen een voor een aanbood. Als het genoeg was geweest, kreeg de oude vrouw enkele tikjes van zijn poot en was het tijd voor zijn dutje. Melanie dronk dan in enkele teugen haar glaasje leeg en liet zich in slaap strelen door de warmte van de zon.

II

Het kleine raam in de cel liet alleen 's middags wat zonlicht binnen, op de andere momenten van de dag was het licht zwak en grauw. Niet dat het erg veel uitmaakte, want de man die er gevangen zat had niets omhanden wat enig licht vereiste. Er lagen geen boeken of spelletjes en geen schrijfgerei. Onder het raampje stond een kleine, eenvoudige tafel, met een stoel die er niet bijhoorde. In de ene hoek stond een bed en in een andere een leunstoel. Daarmee stond de cel zo goed als vol.

In de ruimte die overbleef had de man in het begin gymnastiekoefeningen gedaan. Hij wist dat het belangrijk was om fit te blijven en was van plan om de oefeningen tot zijn vrijlating vol te houden. Ze hielden ook zijn geest helder en zijn zelfrespect op peil. Maar niet alleen liet de vrijlating op zich wachten, er kwam ook geen informatie over een termijn. Het honderdste streepje dat hij op de muur kraste, maakte hem moedeloos en daarmee begon de geleidelijke afbouw van de oefeningen. Voor het eind van de maand die erop volgde, was hij er helemaal mee gestopt.

De man was van middelbare leeftijd en had altijd een normaal leven geleid. Zijn beroep bestond uit een alledaagse taak in een kleine fabriek, waardoor zijn leven erg regelmatig verliep. Elke maand had hij een deeltje van zijn huis afbetaald, tot het uiteindelijk zijn eigendom was geworden. Om de paar jaar plantte hij een struikje of boompje bij in zijn tuin. Dan herschikte hij ook enkele van de rotsblokken waarvan hij dacht dat ze zijn tuin iets persoonlijks gaven. Zijn tuinhuis was keuriger ingericht dan de meeste keukens en werd om de twee jaar gebeitst tegen weer en wind.

In de buurt was hij onopvallend behulpzaam, zonder eigenbelang. Hij was de immer minzame buurman. Geen enkele man die charme beter verenigde met intelligentie en daadkracht. In echtelijke kwesties gebruikten vrouwen zijn naam als voorbeeld om hun man tot de orde te roepen.

En dat was allemaal geen uiterlijk vertoon. De kern van

goedheid die diep in hem lag, was zo echt als de zon. En ze was er ook altijd geweest, vanaf zijn kindertijd. Maar hij had ook een andere kern, een die een heel leven lang stilletjes was gegroeid. Het was een aanwezigheid die een diepe wens vormde en uiteindelijk een drang. Een drang waar hij tegen moest vechten en die steeds ontsnapte aan de overmacht van zijn goedheid. Het was een zwarte rat tegen een wit leger.

De man kon die rat een plaats geven in zijn leven, in een mentale kooi die hij stevig dichthield en nauwgezet bewaakte. Dat was hem jarenlang gelukt, maar altijd met moeite, soms bovenmenselijke moeite. Dan maakte hij lange wandelingen in het bos, tot zijn lichaam en geest doortrokken waren van de kou. De rat was dan verlamd en stil. Voor even.

Dan brak er totaal onverwacht een vreemde periode aan. Wekenlang bleef de vijand onzichtbaar, het leek zelfs dat hij niet meer zou terugkeren. Voorzichtig liet de man wat hoop toe in zijn leven, eerst hoop die leek op gewapende vrede, daarna de volle, oprechte hoop die grenst aan zekerheid.

De man zocht naar oorzaken voor deze gemoedsrust en kwam tot een lijst met de gekste mogelijkheden. Zo dronk hij al geruime tijd veel kruidenthee, wat hij voorheen nooit had gedaan. Ook had hij gaandeweg het geloof gevonden en was hij toegetreden tot het kerkkoor. Alles wat in zijn leven de laatste tijd veranderd was, schreef hij op, tot het plaatsen van zijn nieuwe voordeur toe. Na het voltooien van die lachwekkende lijst, schrapte hij driekwart weer. Eigenlijk was ook het resterende kwart lachwekkend, maar hij wou geen enkel risico nemen. Het was zijn manier om de rat te bezweren.

Het ging erg lang goed met de kruidenthee, het kerkbezoek en het koorgezang. Het was geloof, gedrenkt in zelfspot. De man vond het allemaal wel hilarisch, maar durfde toch nergens mee op te houden. Als de thee op was, liep hij in paniek naar de winkel en de kerk bezocht hij vaker dan de dorpskwezels. De geloofsgemeenschap prees zijn vroomheid en zijn rol in het koor, waardoor zijn goede naam in het dorp nog beter werd.

En toen dook het beest weer op, door de kruidenthee en het koorgezang heen. Het was niet langer een rat, maar een monster, volgroeid in zijn afwezigheid. Het witte leger was verward en strategieloos. En de aanvoerder liet zich wegglijden in de nederlaag.

III

De man staarde naar het kleine raam dat zich net onder het lage plafond van zijn cel bevond. Achter het vuile glas waren drie tralies zichtbaar, die de hemel opdeelden in rechthoeken, meestal grijze, soms blauwe. Toen hij de eerste keer op de tafel was gaan staan, had hij verwacht door het raam een geplaveide binnenplaats te zien. Maar wat hij zag, waren struiken met een omheining erlangs en verder een hoop grote keien die het uitzicht belemmerde. De man vermoedde dat hij in een oude en erg verwaarloosde gevangenis zat.

Toen hij de misdaad beging, vervaagde zijn alledaagse bewustzijn. Hij was weggegleden in een toestand waarin hij niet meer normaal kon registreren. Het monster had het overgenomen en alles in hem weggedrukt. Golven van de grootste lust hadden al zijn zintuigen opgeëist en hem in een roes gebracht. Van de afloop kon hij zich niets meer herinneren. Ook zijn arrestatie had plaatsgevonden buiten zijn bewustzijn om. Hij wist niet meer hoe hij was overmeesterd en voorgeleid. Een rechtszaak kon er niet zijn geweest, dat hield hij niet voor mogelijk. Misschien was dit wel de voorlopige hechtenis, in afwachting van de afwikkeling in de rechtbank.

De man had geen documenten ontvangen en geen advocaat gezien. Zijn cipier was de enige die hij dagelijks zag, maar die sprak geen woord. Letterlijk geen woord. De gevangene had alles geprobeerd, van supervriendelijk en wat zielig tot zelfverzekerd met juridische termen. Maar er was geen enkele reactie gekomen, zelfs geen teken van herkenning. Hij had in overweging genomen dat de cipier doofstom was. Met vragende blik had hij naar zijn oren gewezen, met handgebaren had hij om pen en papier gevraagd. Niets had het opgeleverd. Het leek wel of de cipier deel uitmaakte van zijn straf.

Maanden zonder vooruitzicht, de man begon het te plaatsen in de lijst met ergste straffen. Het leek iets uit een surrealistisch verhaal, of uit een dictatoriale staat. Nog liever had hij een groot aantal jaren straf horen uitspreken, maar dan met zekerheid. Hij vervloekte de zwarte rat die hiervoor had gezorgd en die nu weer helemaal verdwenen was. De hele tijd van zijn gevangenschap had hij er zelfs geen schim van gezien. Ook zonder de kruidenthee en de religieuze gezangen.

IV

Melanie dacht dikwijls terug aan de misdaad. In haar altijd vlakke leven was het de enige piek geweest die er scherp bovenuit stak. Die had gezorgd voor een lange schaduw die zich door het bestaan van de oude vrouw trok. Het beeld van de misdaad was er elke dag opnieuw en werd alleen bedekt door de herinneringen aan de notaris en de bezoekjes aan Irma. En door haar kater, de enige levende die zacht door haar huiselijk bestaan heen liep. Zijn dierlijke genegenheid beviel Melanie en zijn primitieve zijn kon haar vertederen. Langs zijn warme vacht streelde ze iedere dag de scherpte uit haar gedachten weg.

Het dagelijkse beeld van de misdaad liep steeds over in een ander beeld. De misdaad was een schok geweest, maar wat erop volgde was onthutsend. Melanie had de afloop in eigen handen genomen. Niet zijzelf, maar een wezen binnen in haar had het overgenomen, onbevreesd en agressief. Ze had de dader neergeslagen, alsof hij haar spinnende kat een oog had uitgestoken. Ze had hem bijna doodgeslagen, waarmee wist ze vreemd genoeg niet precies meer.

Daarna had ze de bewusteloze man naar de kelder gesleept, zonder aarzelen, alsof het bij een vooropgezet plan hoorde. De oude vrouw was rechter, maar wou ook beul zijn. In het werkhok in de tuin haalde ze een ketting en een hangslot, zo rustig alsof ze eieren uit het kippenhok haalde. De ketting legde ze als een stalen strop op de schouders van de man en met het slot klikte ze twee van de schakels strak vast om zijn nek.

Zonder te twijfelen over wat er moest gebeuren, haalde ze het nog nooit gebruikte logeerbed uit elkaar en bracht het in delen naar de kelder. Daarna nam ze uit de serre het kleine tafeltje waarop haar verzameling cactussen had gestaan en uit de bergplaats haalde ze een stoel. Dat moest volstaan als meubilair, levenslang.

De deur van de kelder beveiligde Melanie met een zware ketting die alleen een brede kier toeliet. Daardoor kon ze voedsel naar binnen schuiven en afval mee terug nemen. Uiteindelijk gooide ze de sleutel van het hangslot bij de man naar binnen zodat hij zelf zijn halsketting kon afnemen. Vanaf dat ogenblik zou ze de kelder nooit meer kunnen betreden.

Vanaf dat ogenblik kon ze ook de straf niet meer veranderen, alleen levenslange opsluiting bleef over. Ze was er zeker van dat dit de ergste van alle straffen was: een lichaam in volkomen afzondering in leven houden, zonder vooruitzichten.

Melanie beheerde haar afgelegen eenmansgevangenis met rustige overtuiging. Het lichaam van de man in de kelder werd goed verzorgd, ze kon in de spiegel kijken. Zijn misdadige geest zou ze straffen met tijd en leegte, zolang ze zelf leefde. Ze zag het als een verworven evenwicht, twee gelijk gevulde schalen die de meetnaald tot rust brachten.

De opvolger van de oude notaris had ze een enveloppe in bewaring gegeven die onmiddellijk na haar overlijden moest worden geopend. Daarin bevond zich het document dat de man in vrijheid zou stellen. Haar halfzus of de winkelier zouden haar wel ruim op tijd missen.

INGREDIËNT

De jongen keek opgewonden naar wat hij in het vergiet had verzameld. Nooit had hij zo'n indrukwekkende opbrengst durven verwachten. Het verbaasde hem dat alleen zon en tijd hiervoor hadden gezorgd. Hijzelf had de natuur alleen maar een startsein gegeven. Van dichtbij had hij het hele groeiproces gevolgd en elke dag de vooruitgang nauwgezet in een boekje genoteerd. En vandaag kon hij de opbrengst binnenhalen.

De jongen spoelde alles overvloedig met zuiver water, uit respect, maar vooral uit nieuwsgierigheid. Het wit was gelijkmatig en zuiver, zonder afwijkingen. Tijdens de groei had hij geen extra voeding of water moeten toevoegen en geen enkel insect had een bedreiging gevormd. De jongen genoot van wat hij had verzameld, terwijl het stromende water er doorheen liep. Dit ingrediënt was in geen enkel kookboek te vinden.

Hij liet alles goed uitlekken en draaide dan het vergiet om boven een kom. Met een vork plette hij alles tot een fijne puree wat erg snel en gemakkelijk ging. Minutenlang drukte hij de massa tussen de tanden van de vork door. Het resultaat was nogal waterachtig, zodat hij alles in een neteldoek deed en deze goed samentrok. Na enkele herhalingen kreeg hij een droge puree, die elke kok tevreden zou stellen. Misschien deed het wat denken aan griesmeelpudding, maar dan minder vast. Het was een basisproduct waarmee hij elke kant op kon, maar hij had allang besloten dat het iets voor bij de koffie moest worden. Heerlijk zoet en met een beetje alcohol.

Er waren mogelijkheden te over, maar hij wou niet te veel extra bestanddelen toevoegen. Dat zou zijn unieke ingrediënt onteren en herleiden tot een detail. Hij koos voor mandarijnlikeur om de puree op smaak te brengen. Even laten inkoken met wat vanille en daaroverheen een sausje van witte chocolade en amandelschilfertjes, maar niet te veel. En dan misschien nog een klein opvallend vruchtje om het oog te behagen. Alles moest in een potje, want de samenhang van de puree was toch wat te zwak om er een torentje van te maken. Hij bereidde een ruime portie om lang te kunnen genieten. Heerlijk.

De jongen was er zeker van dat deze delicatesse nooit eerder was bereid. Hij had het recept speciaal bedacht voor een dame die elke week op bezoek kwam. Het was een akelige oude tante, die zijn vader had ingehuurd voor het geven van een soort geestelijk onderricht. Enkele uren per week kwam ze prediken over goed en kwaad, als een kruising tussen een gouvernante en een pastoor. Ze corrigeerde zijn studieresultaten, zijn houding aan tafel, de manier waarop hij sprak en de kleine tics die hij had ontwikkeld om de uren in haar gezelschap door te komen.

Zijn rijke vader vergoedde haar ruim voor de wekelijkse diensten, die ze uit diepe overtuiging aanbood. Ze had beloofd de jongen te beschermen tegen de primitieve lusten die in zijn lichaam tekeer gingen en waartegen hijzelf geen verweer had. Ze zou zijn gedachten leiden van het lichaam naar de geest en hem helpen het leven op te delen in zwart en wit.

Maar de jongen hield niet van de god die ze beschreef met oude woorden, die stinkend uit haar mond spatten. Met opgestoken vinger las de perkamenten dame gezwollen zinnen voor uit een boek met goud op snee. Het was het enige handboek voor het hele leven en voor elk leven, het was een wetboek verpakt als een bundel toververhalen. De god die eruit naar voren trad, was een vreemd figuur.

Wekelijks werd hij opgevoerd als een wonderbaarlijke koning die altijd en overal aanwezig was, maar nog nooit door iemand was gezien. Men schoof hem naar voren als bewijs voor alles wat niet te bewijzen was. Alle wonderen der natuur zaten in zijn mouw en het begin en het einde der tijden stonden op zijn klok. Van iedere sterveling kende hij zowel de schoenmaat als de smerigste gedachten. Er was geen ontkomen aan, hij trok aan alle touwtjes. En deze oude dienares zou de jongen aan hem voorstellen, voor zijn zielenheil en voor dat van zichzelf.

Hij had de weken geteld sinds haar eerste verschijning en in deze negenennegentigste week zou ze haar laatste bezoek afleggen, dat was zijn plan. De honderdste zou hij vrij zijn, een mooier getal was niet denkbaar. Dan kon hij beginnen met het ontgiften van zijn gedachten.

In de verte zag hij haar aankomen, met opgeheven hoofd en flinke pas die het stof van de landweg deed opwolken. Haar hele lichaam zat verborgen in zedig grijs, zodat het zonlicht niet verder kwam dan gezicht en handen. De begroeting was afgemeten, zoals altijd. Het was een mat gebaar waarbij de jongen de witte, perkamenten hand even vastnam, zo kort mogelijk. Hij gebruikte elke keer dezelfde groet, die uit twee woorden bestond, terwijl hij even naar haar snor keek. Dichter bij haar ogen kon hij zijn blik niet krijgen.

Vandaag deed hij er evenwel het glimlachje bij dat hij de hele week voor de spiegel had geoefend. Het moest de weg naar het zoete schoteltje voorzichtig effenen. Ook het enthousiasme waarmee hij zijn les opzei, had hij samen met de glimlach geoefend. De vragen die hij tijdens de les zou stellen, moesten haar mondhoeken zelfs even omhoogtrekken. Alles moest ervoor zorgen dat ze het schoteltje niet weigerde.

Na de les, die hij bijzonder aangenaam had laten verlopen, speelde de jongen wat zenuwachtigheid. Met geveinsde verlegenheid bracht hij het aanlokkelijke gerechtje uit de keuken en zette het voor haar op tafel. De verse framboos deed het schitterend in het midden van de witte chocolade. Terwijl hij een lepeltje nam uit de koffer met het beste bestek en een servet in de kleur van de framboos naast het bord legde, lichtte hij het buitengewone einde van de les toe. Hij vertelde met enige schroom dat hij deze lekkernij speciaal had gemaakt om de honderdste lesweek te vieren. Dat hij het recept helemaal zelf had bedacht en dat hij voor een erg uitzonderlijk ingrediënt had gekozen, een zuiver natuurlijk product.

De jongen wist dat de oude dame tegen deze zorgvuldig voorbereide woorden geen verweer zou hebben. Haar vochtige oogjes priemden even in zijn richting, maar het nerveuze lachje dat erop volgde, leidde de overwinning in. Met het glanzende lepeltje nam ze een zuinig schepje. Niet helemaal zeker drukte ze de puree met haar tong tegen haar gehemelte voor ze slikte. De smaak leek haar te bevallen, zodat ze de volgende hapjes sneller dan beleefd naar binnen werkte. Voor de laatste brokjes schraapte ze zelfs met het lepeltje over het bordje.

Ze beschreef de smaak en de textuur met woorden die de jongen nog nooit had gehoord. Dit uitvoerig compliment was haar deel van dit speciale moment. Ze toonde belangstelling voor de witte puree en wou absoluut weten wat haar gehemelte had gestreeld. Dit was voor de jongen het gouden moment om het lesje op te zeggen dat hij helemaal van buiten had geleerd.

'De *Sarcophaga Carnaria* is een simpel diertje van zo'n centimeter groot, dat op meer dan een kilometer afstand de geur van een lijk kan waarnemen. In een onweerstaanbare drang vliegt het ernaartoe zonder de weg kwijt te raken. Een wonder der natuur! In de natuurlijke openingen van het lijk of in mogelijke wonden legt het diertje larfjes, die eerder binnen in haar lichaam uit eitjes zijn gekomen. Miraculeus! Na een week zijn die piepkleine stipjes binnen in het lijk volgevreten en uitgegroeid tot flinke, witte maden. Op dat ogenblik moet je ze verzamelen, want niet veel later verpoppen ze om uiteindelijk nieuwe exemplaren van de *Sarcophaga Carnaria* te worden. Er komt geen eind aan Gods wonderen!'

De jongen straalde als een leerling die zijn les kent en hoge punten mag verwachten. Hij ging verder met een toelichting.

'De woonplaats van deze kolonie was een kalfskop die ik had gekregen van een oom die in het slachthuis werkt. Ik bewaarde hem in een emmer, zodat de gigantische, wriemelende familie die er een thuis vond, mooi samen bleef. Ik heb de kleintjes dag na dag gevolgd in hun ontwikkeling. Duizenden zijn het er geworden, aan tellen was geen beginnen meer. De natuur en haar overvloed! Ze krioelden door elkaar in één groot massaspektakel, zodat ik ze gewoon maar hoefde op te scheppen!'

Terwijl de jongen uitvoerig de bewerkingen beschreef die de maden in de keuken ondergingen, sloot de dame de ogen en slikte. Traag verborg ze haar gezicht in haar handen, niet de walging maar de nederlaag verlamde haar. Rustig sloot ze daarna haar boek met goud op snee. Ze stopte het in de nette leren tas en trok zorgvuldig de twee riempjes door de gespen.

Zwijgend stond ze op en verliet het huis zonder haar wekelijkse vergoeding op te halen. De jongen keek glimlachend naar het stof dat een laatste maal achter haar opwolkte terwijl ze de landweg af wandelde.

KONING EN PRINSES

De gevel van het hotel had al enkele zelfmoordenaars aangetrokken. Romantische mannen die wilden sterven onder oud stucwerk en tussen muren waarop afschilferende verf de geschiedenis in kleurige laagjes liet zien. Mannen die gesteld waren op vochtvlekken en barsten, op krakende trappen met ontbrekende spijlen in de leuning. Mannen die hielden van gangen met uitgesleten lopers en aan de muren lampen die al jaren geen licht meer gaven. Ze vonden er een decor voor hun zwaarmoedigheid, kamers waarin ze thuis konden komen. Die mannen gaven de voorkeur aan lambriseringen en tapijten die, zoals hun eigen levens, niet meer op te frissen waren. Het bloed uit hun polsen zou nooit opspatten tegen het glimmende chroom in nieuwe hotels.

Jean was een van die mannen. Hij had de mooiste kamers gekozen die het hotel verhuurde, de bruidssuite uit lang vervlogen tijden. De kamers waarin ooit de ene liefde na de andere werd gevierd, waarin de voor-altijd-eed werd bekrachtigd. Hij had er rondgewandeld in het diepste besef dat elk plekje van de suite van al die liefdes was doortrokken. De schimmen van al die verstrengelingen moesten er nog rondzweven, helemaal intact.

Jean hield van vergane glorie, van dingen die alleen maar wezen naar vroeger. Ze maakten de hopeloosheid van het heden zichtbaar en daarmee ook de zekerheid van een verdere neergang. De melancholie die hier overal aan kleefde als stof, schilfers en vegen, gaf hem een tinteling die hij als genot ervoer. Hij had de kamers voor één nacht gehuurd en was erin getrokken met een koffer waarin alleen maar een scheermes zat. Rond middernacht had hij het bad laten vollopen met warm water. Het was de meest tragische van alle methodes, daarom had die hem het meest aangetrokken. Gevonden worden in een bad met leeuwenpootjes en vergulde kranen, in een theatrale houding in kostuum, zonder dat er stukken hersenen van de muren naar beneden gleden.

De warmte van het water zou zijn lichaamstemperatuur op peil houden als het bloed uit zijn open ader wegstroomde. Dan zou hij volgens het beproefde plan traag het bewustzijn verliezen en zacht de dood in glijden. Maar naarmate het water rood kleurde en in het wit van zijn hemdsmouwen trok, begon Jean in paniek te raken. Het beeld van zijn lege hart dat zou stilvallen nadat al het bloed naar buiten was gepompt, vervulde hem nu ineens van ontzetting.

Het was de kloof tussen theorie en praktijk die hem had doen opstaan om zichzelf weer op orde te krijgen. Hij was er zonder hulp in geslaagd zijn pols te verbinden en zijn kalmte te herwinnen.

Daarna had Jean zijn huis verkocht en was hij in het hotel gaan wonen. Hij had een erg redelijke prijs kunnen bedingen voor een verblijf van onbepaalde duur. Dolen door de nachtelijke stad werd zijn enige bezigheid, van de ene kroeg naar de andere, proevend van de zelfkant van het oude stadsdeel. Groezeligheid en gestage neergang hadden Jean altijd aangetrokken. Als kind al keek hij ernaar, met een afkeer die toch geen afkeer was.

Jean liet zijn leven glijden en hobbelen over de paden die er lagen, hij zocht ze niet, hij was tevreden met wat er was. Hij dronk zoveel als er in zijn maag paste en lachte en praatte met iedereen. En 's nachts sliep hij in het hotel te midden van de vergane glorie.

Geneviève was geboren met een grote geslachtsdrift. Zowel met geschenken als met straffen hadden haar ouders geprobeerd haar lusten te bedwingen, maar zonder succes. De jonge therapeut die ze uiteindelijk bezocht, had wulpse blikken moeten negeren en was in zijn eigen uiteenzetting verloren geraakt. Geneviève zat oneerbiedig in de spreekkamer, in het begin bijna onmerkbaar, maar na enkele sessies zat ze wijdbeens op haar stoel. Ze staarde de jonge hulpverlener schaamteloos aan terwijl ze hem onderwierp aan alle bestaande verleidingstrucs. Toen ze de bezoekjes beu werd, ging ze met ontbloot bovenlichaam in de wachtkamer zitten, waarop de therapeut zichzelf onbekwaam verklaarde en de hulpverlening afbrak.

Geneviève las alle vakliteratuur die ze kon vinden en oefende met iedereen die haar pad kruiste. Van elke voorkeur, afwijking en zeldzaamheid die ze tegenkwam, maakte ze aantekeningen in een klein boekje. Ze experimenteerde met aantallen, die ze nauwkeurig noteerde en voor haar plezier in grafiekjes zette. Nadat ze alle normale leeftijden had afgewerkt, begon ze systematisch met het verleggen van de grenzen in beide richtingen. Zo kon ze een elf bijschrijven in haar boekje en een achtennegentig, hoewel ze voor zichzelf moest toegeven dat geen van beiden een indrukwekkende prestatie had geleverd.

Ook de nationaliteiten werden bijgehouden. De landkaart die ze in haar boekje had geplakt was al grotendeels ingekleurd, maar dat was dankzij de reusachtige omvang van slechts enkele landen. De havenstad waar ze woonde, zorgde voor een comfortabele en erg gevarieerde aanvoer, maar bij zevenentwintig verschillende nationaliteiten stopte het. Naast het blauw van de zee en het groen van de opgevulde landen bleven hardnekkige witte vlekken de kaart ontsieren. Geneviève troostte zichzelf met haar leeftijd, die nog enorme mogelijkheden bood.

Toen ze de ouderlijke woning moest verlaten, stond haar beroepskeuze vast. Ze solliciteerde met succes bij een onderneming in de dienstverlenende sector die in een klein, fraai kasteeltje was gevestigd. In minder dan geen tijd was ze de meest gevraagde medewerkster en werd het geld haar in de naakte schoot geworpen. Mannen uit de hogere kringen bezochten haar met regelmaat en lieten fooien achter waarvoor velen een week moesten werken. Geneviève werd zowat de koningin van het kasteel en begon zich er ook naar te gedragen. Ze had haar naam speels afgekort tot Gêne, wat een vrolijk contrast gaf met de inhoud van haar takenpakket en het aantal boekingen zelfs deed toenemen.

Toen de eerste rode vlekjes verschenen, kon ze in haar aantekenboek het titeltje Venerische aandoeningen toevoegen. Omdat de eerste gemakkelijk met zalfjes kon worden weggesmeerd, paste ze haar gedragscode nauwelijks aan. De tweede was hardnekkiger en vereiste een therapie die haar een tijdje arbeidsongeschikt maakte.

Na haar terugkeer in het kasteeltje liet ze zich verleiden voor veel geld riskante handelingen toe te staan. De klant was erg tevreden en kwam elke week terug met hetzelfde bedrag. Geneviève meende dat de band die gaandeweg ontstond, bacteriebestendig was.

De aandoening die het gevolg was van dit idee, zou Gêne koningin-af maken. De dokter verklaarde haar ongeneeslijk, een woord dat het kasteel binnendenderde als een rotsblok. Ze werd een pestlijder waar de chique mannen omheen liepen, zodat haar aanwezigheid in het kasteel niet langer winstgevend was. De schatbewaarder ruilde Geneviève in voor een nieuwe prinses.

Zo werden in haar boekje, onder het nieuwe titeltje Werkplekken, al meteen twee namen ingevuld. Onder Le Château Rose schreef ze The Pepper Box. Dat was een blok met twintig groezelige kamertjes, verdeeld over vier verdiepingen en bereikbaar via een centraal trappenhuis. Met de verfrommelde bankbiljetten die hier op haar bed werden gegooid, kwam ze nauwelijks aan een tiende van haar vorige honorarium. In haar bedhokje op de tweede verdieping verloor Geneviève meteen haar werklust en beroepseer. Voor dit soort klanten hadden haar finesse en ruime expertise geen enkele waarde. Een deel van haar inkomen bracht ze bovendien naar de apotheker, zodat ze haar lichaam overeind kon houden.

Een klein jaar later kon ze weer een werkplek bijschrijven op haar lijstje. De voormalige koningin liep nu langs de straat, waar het zwakke licht haar grauwheid camoufleerde. Ze wist dat ze leek op een figuur uit een droevig sprookje dat de kortste weg van het kasteel naar de goot beschreef. Ze legde haar lichaam in hotelbedden neer om de pillen en injecties te betalen die het nog enigszins werkbaar hielden.

Geneviève had haar hele leven besteed aan lichamelijk genot. Roes en bedwelming waren de hele tijd in elkaar overgelopen, met regelmatige pieken van extase. Ze kon geen dag zonder de stoffen die haar lichaam hierbij vrijmaakte en die de rede onderdrukten.

Nu was Geneviève gereedschap geworden, dat tijdens lange dagelijkse werktijden werd gebruikt. Ze walgde van de lichamen die haar ooit op talloze manieren hadden vereerd. In de jonge dieren die haar vroeger ongeduldig besprongen, zag ze nu vuile, bronstige beesten. De oudere heren van weleer die haar met zachte hand naar de hemel begeleidden, waren voor haar nu oude mannen die gloeiden van geilheid.

Geneviève plamuurde en verfde haar gezicht om boven de meisjes van haar wijk uit te komen. Ze toonde alleen wat nog enigszins strak en vrij van groeven was, zoals een slager die zijn beste vlees vooraan legt. De rest bedekte ze met kant en voile als een beloftevolle verrassing. Zo liep Geneviève van portiek naar portiek en van hotel naar hotel om haar kostje bijeen te scharrelen.

In de lobby van het hotel schonk Jean cognac uit zijn eigen fles. Net als voor zijn kamer had hij gunstige voorwaarden kunnen bedingen voor zijn drank. De eigenaar rekende per fles weinig meer dan de winkelprijs, omdat hij wel begreep dat zijn vaste bewoner geen hotelprijzen kon betalen. In ruil kreeg hij dan regelmatig hulp bij karweitjes.

Jean had zijn vaste fauteuil in de hoek, zodat hij zicht had op de balie. Met wazige blik begluurde hij dan de gasten: studenten zonder geld, buitenechtelijke avonturiers en hoeren met een kamerabonnement. Voor die drie categorieën had hij een oplopende minachting. Als de eigenaar op zich liet wachten, sprak hij de gasten weleens aan om zichzelf te vermaken. Hij gaf dan intelligente uitleg over de stad en de geschiedenis van het hotel, in de zeer verzorgde taal die hij in zijn vroegere leven had moeten gebruiken. Als hij eenmaal de aandacht had, liet hij de inhoud geleidelijk afglijden, tot hij in fraaie volzinnen en met ernstig gezicht regelrechte obsceniteiten vertelde. Zijn geaffecteerde en minzame toon bracht de gasten steeds in verwarring en weerhield hen van kordate terechtwijzingen.

Alleen de hoeren kon hij zo niet aanspreken, omdat ze hem allemaal kenden. Ze keken hem met de nek aan om een gesprek te vermijden, wat hem gek genoeg kwetste. Omdat hij in het hotel woonde, voelde Jean zich een beetje huisbewaarder en wilde hij niet genegeerd worden.

Elke keer als Geneviève het hotel binnenkwam, kromp zijn hart ineen. Niemand draaide zo duidelijk de rug in zijn richting, door niemand werd hij meer genegeerd. Altijd leunde ze voorover op de balie, niet om met de eigenaar te praten, maar om Jean haar billen in de korte rok te tonen. Hij walgde van het wiegen en draaien, terwijl ze haar netkousen zonder reden rechttrok. Altijd zette ze haar handtas op de grond, zodat ze hem daarna diep voorovergebogen weer kon oppakken. Jean moest dan wel naar haar rode broekje kijken.

De afkeer was volledig wederzijds. Geneviève keek regelmatig achterom om hem aan te staren alsof hij een pas ontdekte diersoort was. Ze kon in één blik een minachting leggen waartoe Jean niemand anders in staat achtte. Als ze zo naar hem keek in zijn fauteuil, voelde hij zich een verlopen koning op een uitgesleten troon. Geneviève wist dat ze hem raakte, de oude, huisloze zuiplap met een kerf in de pols. Met Jean had haar afkeer voor mannen een gezicht gekregen.

Zoals steeds boog Geneviève diep voorover naar haar handtas en stapte vervolgens met tikkende hakken naar de lift. Jean stond op uit zijn fauteuil en volgde haar, terwijl de eigenaar hen van achter de balie nakeek.

'Koning van Utopia,' zei Geneviève terwijl ze op het liftknopje drukte, waardoor tachtig jaar oude technologie in beweging kwam.

'Prinses der Portieken,' antwoordde Jean. De liftkabels brachten de kooi krakend naar beneden. 'Zal de koning je naar je kamer brengen?'

'Kom je even helpen in de keuken, Jean,' riep de eigenaar luider dan nodig was.

Geneviève schoof de tralies opzij en stapte de kooi in. 'Bergen afwas,' lachte ze. 'Zilveren bestek en porseleinen kopjes met gouden randjes.'

Terwijl Jean terug naar de keuken schuifelde, trok een pijnscheut door zijn knie. De eigenaar keek zijn gast meewarig aan.

Zoals elke avond deed Jean om elf uur de buitendeur op het nachtslot. Daarna veegde hij in de hal het vuil van de dag bijeen en stak de nachtverlichting boven de balie aan. Gelijk daarmee lichtte buiten de naam van het hotel op in ouderwetse neonletters. Dat waren een paar van de taken die de prijs van zijn drank laag hielden. Net voor hij naar zijn kamer ging, keek hij altijd even naar het raam aan de overkant van de straat. Daarin werd de naam van het hotel weerspiegeld, met een ontbrekende letter. Jean vond dat het zo hoorde op een afbladderende gevel.

Dan ging hij naar zijn kamer. Omdat hij het niet op oude liften had, nam hij de trap die zijn knie met elke trede kwelde. Bovendien had hij moeten instemmen met een kamer op de hoogste verdieping. Dat betekende vijfenveertig pijnscheuten. Zijn deur deed hij nooit op slot, hij bezat werkelijk niets van waarde. Ook in zijn kamer keek hij altijd even door het raam. De nachtelijke stad zorgde iedere keer voor weemoed, omdat de duisternis aan alles een eind maakte. Het geluid en de bewegingen van de dag waren weg, kleuren werden onzichtbaar.

Nog voor hij op de rand van zijn bed ging zitten, kwam de vraag. 'Is de nachtdeur op slot?' Werkelijk iedere avond werd die gesteld, terwijl hij het nog nooit was vergeten. Al sinds lange tijd antwoordde hij dat ze vandaag maar open bleef.

Van onder de lakens kwam een zucht en daarop een bevel: 'Doe zalf op die rotknie, zodat je niet de hele nacht ligt te woelen. Of is ze al verdoofd door de cognac?' De vrouw aan de andere kant van het bed was moe en kwaad, zoals altijd.

'Nog fijne mensen ontmoet vandaag?' vroeg Jean.

'Ga slapen, je hebt morgen alweer een drukke dag,' zei Geneviève.

SPIL

Theodoor bleef op de bok zitten, terwijl de oude Donne van de kar sprong en het paard aan de teugels over het erf leidde. Ze hadden een uur gereden en het ratelen van de wielen op de stenige grond van de landwegen was het enige wat de jongen had gehoord. Donne had niet gesproken en zelf had hij geen woord durven uitbrengen. Zelfs toen hij zijn blaas als een warme steen in zijn buik voelde, was het niet in hem opgekomen iets te vragen. Verkrampt verdroeg hij ieder schokje dat het orgaan opving en toch was het einde van de reis geen opluchting.

Hij bekeek het kleine erf dat door een overdreven brede muur werd omsloten en begreep dat dit zijn gevangenis zou worden. Net voor de wagen tot stilstand kwam, voelde de jongen een hand op zijn arm. Hij schrok bij het zien van de vrouw, die met haar brede bouw en kort haar veeleer op een man leek. Haar ogen schenen het licht slecht te verdragen en haar mond was niet meer dan een streep. Met één onverstaanbaar woord dwong Donne Theodoor af te stappen. Hij had een lage, ongeoefende stem en de jongen begreep dat de woorden hier werden geteld.

Het middaguur was maar net voorbij en het eten stond klaar. Met een hoofdknik werd Theodoor zijn plaats aan tafel gewezen. De keuken was nauwelijks meer dan een berghok met een oude, vierkante tafel en vier verschillende stoelen. De muur waar Theodoor met zijn rug tegenaan zat, liep halverwege over in de schuinte van het dak. Zijn hoofd raakte de bepleistering net niet, maar toch had hij de neiging wat voorover te buigen. Aan de andere kant stond een oud kastje naast een fornuis vol bruine vlekken van roest en bakvet.

De jongen zat tegenover een lege plaats, links en rechts van hem zaten Donne en zijn vrouw, die hij zo tegelijk kon bekijken. Ze kauwden allebei met halfopen mond, zodat de stilte werd verbroken door het geluid van speeksel dat zich vermengde met voedsel. Theodoor kon niet weg van de tafel, want de kleine ruimte omsloot de eters, die elk met hun rug tegen een muur zaten.

Met de laatste aardappel nog tussen de tanden stond Donne op en zette zijn bord op het kastje. Zijn vrouw volgde hem onmiddellijk en liet haar bord halfvol achter. Theodoor haastte zich ook naar de buitendeur, zonder zelf te weten waarom, en liep tegen de oude man aan. Een uitgestoken wijsvinger dwong de jongen naar een openstaand poortje, dat uitkwam op de binnenplaats.

In de stal werd hij haast bedwelmd door de intense geur van ammoniak. Naast een grote mesthoop ontwaarde hij in het donker het silhouet van de vrouw. Ze gaf Theodoor een riek en maakte zonder woorden duidelijk hoe mest met stro moest worden gemengd.

Terwijl de jongen zwoegde, zogen zijn longen de sterke lucht naar binnen. Algauw flitsten helwitte lichtjes overal waar hij keek in de donkere stal. De vrouw lachte rauw, terwijl ze Theodoor een handvol mest liet zien die ze krachtig samenkneep. Nauwelijks enkele druppels vocht ontsnapten en een goedkeurend geknor moest de jongen duidelijk maken dat het ging om het gewenste eindresultaat. De vrouw stelde zichzelf voor als Marie, terwijl ze Theodoor met haar vettige klauw stevig de hand drukte.

Gedurende twee weken bewerkte Theodoor de donkere hoop, met steeds korter wordende tussenpozen. Aan het eind was de mest kruimelig geworden en het verbaasde hem dat hij een vreemde, zoete geur had gekregen. Omdat het eenvoudige werk weinig licht vroeg, werd er geen lampolie aan verspild. Marie en Theodoor werkten in het beetje daglicht dat de openstaande deur binnenliet. Tegen de avond werd de donkere hoop langzaam één met de donkere muren. Het enige wat de jongen dan nog kon onderscheiden was een rij ijzeren stangen, waartussen ooit runderen met kettingen op hun plaats werden gehouden.

Deze stal werd een van Theodoors werkplekken. De andere was een kelder, aardedonker en slechts verlicht door het schijnsel van een zuinige olielamp. Als de mest na het regelmatige omzetten kon rusten tot de volgende bewerking, ging de jongen de trappen af om daar het werk te doen dat hem werd opgelegd.

De mest werd gebruikt als voedingsbodem voor de paddenstoelenkwekerij die hier de enige broodwinning bleek te zijn. Theodoor kreeg uitleg over de hele levenscyclus van de eetbare zwam. Maar zoals het uit de tandeloze mond van de oude vrouw kwam, kon hij er zich maar weinig bij voorstellen.

De jongen verbleef maandenlang op de ommuurde boerderij. Hij werkte er in de donkere stal en in de donkere kelder. Hij was de verschoppeling uit romantische boeken:

jong, bleek en met een treurig verleden en een onzekere toekomst. Van het vondelingenluik ging het naar het weeshuis, van de armenschool naar een afgelegen paddenstoelenkwekerij. De strenge nonnen werden ingeruild voor een contactgestoorde oude vrouw en een karaktergestoorde oude man. Het eind was niet in zicht, levenslang leek het vonnis.

Het erf was de wereld en de muren zijn grenzen. Over het wekelijkse kerkbezoek, dat in elk leven wet was, werd hier niet gesproken. Bezoek kwam er nooit. Donne voerde de geoogste paddenstoelen met paard en kar weg en keerde terug met de kar vol paardenmest. Op het kleine veld buiten de muren teelde hij groenten voor eigen gebruik. Als hij daar was, sloot hij de poort met een sleutel om zijn twee stukken levend eigendom binnen te houden. Eén keer per week ging zelfs de huisdeur op slot en reed hij weg op het gezadelde paard. Dan keerde hij pas diep in de nacht terug.

Het enige wat Theodoor van de omgeving wist, zag hij vanaf de zolderkamer waar hij de nacht doorbracht. Hij sliep onder het dakgebinte en om naar buiten te kunnen kijken had hij twee gebroken dakpannen weggehaald, een aan elke zijde, zodat hij in twee richtingen kon kijken. De weinige vrije tijd die hem gegund werd, bracht hij door in zijn uitkijkpost. Hij genoot er van het landschap, vol zon en kleur in de zomer, kaal en grauw in de winter. De gaten in het dak waren prentenboeken van de natuur, waarin hij de engte van het erf kon ontvluchten.

En bij het licht dat erdoorheen viel, kon hij lezen, in een deken gewikkeld tegen de tocht. In een kast op de zolder naast zijn kamertje had hij vier boeken gevonden. Een ervan was een bundel met misdaadverhalen, die hij drie keer na elkaar uitlas. De intriges van de verhalen activeerden zijn fantasie en deden hem zelf dingen bedenken. Wrede verhalen met de oude Donne als slachtoffer. En ook ontsnappingsverhalen.

Eenmaal per maand mocht Marie naar het dorp om wat dingen te kopen die nodig waren voor het huishouden. Ze legde de tocht te voet af, kilometers lang door zomerse hitte of winterkou, terwijl het paard op stal stond en de kar in de schuur. Tijdens de winkeldag van juli zat Donne op het erf in zijn rieten stoel te dutten. Theodoor deed zijn dagelijkse werk, maar hij was nerveus. Deze dag had hij uitgekozen om zijn ontsnappingsfantasie in daden om te zetten. De verhalen uit het boek hadden hem geïnspireerd.

In de stal was een deur die uitkwam op een klein kamertje zonder ramen en ook zonder enig doel. Een leeg berghok van twee vierkante meter, met alleen een oude waterpomp en enkele emmers. Tijdens zijn voorbereidingen had Theodoor met gemak de spil uit de pomp verwijderd, zodat de arm de zuiger niet meer kon optrekken. Die spil stak hij nu onzichtbaar in zijn mouw, met het uiteinde tussen zijn vingers.

De jongen raapte al zijn moed bijeen en wekte Donne uit zijn slaap. Het duurde even voor de oude man had begrepen dat de pomp niet meer werkte. Nog half verdoofd, hees hij zich op uit zijn stoel en liep grommend naar het pomphokje. Theodoor bleef buiten staan en wachtte tot Donne vloekend op zijn knieën ging zitten om de verdwenen spil te zoeken. Op dat ogenblik duwde de jongen de zware deur dicht en liet het staafje uit zijn mouw glijden. Hij stak het recht in het gat dat hij geduldig in de verharde stalvloer had gemaakt in de korte ogenblikken dat hij alleen was.

Toen de oude man begreep wat er gebeurd was, beukte hij brullend als een dier met zijn volle gewicht tegen de deur. Hoewel de jongen wist dat het staafje even goed was als een slot, deinsde hij terug en schoof de zware werkbank voor de deur. Toen pas genoot hij van het razen van het beest dat hij had gevangen. Even wou hij door de spleten in de deur gluren en uitdagend een gesprek beginnen, maar hij ging gewoon naar zijn zolderkamer om zijn spullen te halen.

De jongen schoof de zware grendel uit de ringen van de buitenpoort en zette die volledig open. Zo zou Marie straks binnen kunnen wandelen, op weg naar de grote verrassing. Theodoor rende weg van zijn gevangenis, de muurloze velden in. Hij stond nu midden in het landschap dat hij al die tijd als een schilderij doorheen de gaten in het dak had gezien.

Twee maanden later liep Theodoor bedelend door de stad. Hij bekeek de gezichten van alle voorbijgangers en schatte hun vermogen en hun medelijden in. Om hun harten zo diep mogelijk te raken, had hij zijn houding en zijn blik geoefend. De hoeveelheid nederigheid en zichtbaar schuldbesef doseren, het was een vak als dat van schoenmaker of bakker. En hoe meer vakmanschap, hoe meer winst.

Met een schok kreeg hij Marie in het oog, die rustig langs de goedkoopste winkels wandelde. Het was ongetwijfeld weer de zuinige maandelijkse koopdag waarop ze huishoudspullen insloeg. Zij had hem ook gezien en kwam verbijsterd naar hem toe.

De frons op haar voorhoofd stelde haar enige, simpele vraag. Theodoor beschreef zijn ontsnapping in enkele korte, eenvoudige zinnen. En Marie vertelde in evenveel zinnen van die winkeldag in juli, die ook voor haar een ontsnapping was geweest, waarna ze nooit meer was teruggekeerd naar de ommuurde boerderij.

TAAK

De stof deed hem denken aan zijn jeugd, aan de jute zakken waarin hij als kind de kleinste aardappeltjes moest verzamelen. Hij sleepte ze achter zich aan over het veld, terwijl ze steeds zwaarder werden. De ruwheid en de geur van dat grove weefsel zaten voorgoed vast in zijn geheugen.

Het textiel dat hij nu bewerkte, voelde wel zachter aan, alsof er een laagje satijn overheen zat. Gesatineerde jute, dacht hij bij zichzelf. Geen enkel weefsel op aarde leek hem sterker, hij vroeg zich af welke kracht er nodig was om het te laten scheuren. De soepelheid had hem meteen al verbaasd, alsof die niet samenging met de stevigheid.

De stof werd gebracht in dikke rollen en opgehangen in een houder aan de muur. Dat gebeurde altijd 's nachts wanneer hij sliep en nooit werd hij er wakker van. Iedere ochtend bij het ontwaken schoot zijn blik onmiddellijk naar de rol, hij kon er niets aan doen. Telkens wanneer er een nieuwe hing, huiverde hij. Minstens twee personen waren zijn kamer binnengekomen terwijl hij kwetsbaar in zijn bed lag, drie meter ervandaan. Naarmate de rol dunner werd, sliep hij slechter en als er bijna geen stof meer aan de stang hing, viel hij ten prooi aan slapeloosheid. Hij deed geen oog meer dicht, althans dat dacht hij, want steeds weer werd de voorraad aangevuld zonder dat de nachtelijke leveranciers zich lieten betrappen.

Als de nieuwe rol aan de houder hing, waren meteen ook de afgewerkte stukken weg. De feilloos gevouwen pakjes, die samen kaarsrechte stapels vormden, gaven zijn vreemde leven op een al even vreemde manier zin. De hele dag maakte hij dezelfde stukken uit dezelfde stof. En ook de maat was steeds gelijk, ze bleek geschikt voor alle soorten mensen. Iemand moest de patronen heel nauwkeurig hebben berekend, zodat ze geschikt waren voor elke buikomvang en elke schouderbreedte. De zware lijven mochten niet in ademnood komen en die met vel over been mochten er niet uit glijden. De vijf leren riemen die er vooraan moesten worden opgestikt, konden natuurlijk wel een en ander opvangen met hun lange rij gaatjes. De opstaande kraag had een zesde riempje, dat een benauwd gevoel gaf, alleen al door ernaar te kijken. Het was duidelijk dat het kon worden dichtgetrokken rond een hals, zo dun als een pols.

De lange mouwen leken gemaakt voor de armen van een kermisattractie. De man beeldde zich een mens in met handen die over de grond sleepten. Aan het eind van de linkermouw zat een gesp, aan de rechtermouw een lange riem met gaatjes. Elke dag trok hij wel eens een afgewerkt stuk aan. Als hij dan de armriem voor zich uit vastgespte, zou hij een honderdjarige boom kunnen omarmen. Maar als hij zijn handen om zijn schouders legde, alsof hij zichzelf omhelsde, kon hij zich voorstellen waarvoor het pak diende. Als de zeven riemen vastzaten, vormde het maatloze pak een eenpersoonsgevangenis, een cel die zat als gegoten.

In het begin had de man eens getest hoelang hij het volhield, helemaal ingesnoerd. Al na een minuut kreeg hij zenuwtrekken en leken gestrekte armen hem een vorm van opperst genot. Zijn jeukende schouder schuurde hij als een hond tegen de rand van het tafelblad. Geërgerd drukte hij zijn kriebelende voorhoofd tegen de ruwe bepleistering van de muur. Daarna kreeg hij jeuk aan zijn geslachtsdeel, wat hij wel grappig vond. Het wrijven over de hoek van het tafelblad had hem luidop doen lachen.

Drie keer per dag werd hem eten gebracht langs een doorgeefluik. Ook zijn gebruikte nachtemmer werd zo ingewisseld voor een lege. Het meubilair bestond uit een tafel, een stoel, een bed en een brede werktafel voor de naaimachine. Het was een zwaar, gietijzeren toestel, met een wiel waarmee je handmatig de naald op en neer kon laten gaan. De zwarte lak was er helemaal af door het jarenlange gebruik. Met de tuimelpedaal onderaan kon je met voetbewegingen de snelheid opdrijven. De man was er zeker van dat zijn moeder net zo'n toestel had gehad, met dezelfde opgeplakte gouden motieven en de merknaam er mooi in verweven. Ook de schaar waarmee hij de stof volgens de patronen verknipte, was zwaar en ouderwets. Net als op het wiel van de naaimachine was de zwarte lak weggesleten. In een la onder het tafelblad zaten reservenaalden, klosjes met oersterk garen en voor het onderhoud olie en een sleutelsetje.

De man wist niet hoelang hij hier al zat, in deze kleine kamer. Het verre verleden kon hij zich scherp voor de geest halen, maar de beelden werden vager naarmate de verlopen tijd dichter bij het heden lag. De laatste jaren vormden een zoutvlakte waarop hij terugkeek. Er waren helemaal geen herkenningspunten die hem konden helpen, het was een dichte mistbank in de tijd.

Vreemd was ook de aanvaarding. Nooit had de vraag naar het waarom of een gevoel van onrecht hem gekweld. Zonder bezwaren knipte hij stof naar patronen en stikte de stukken nauwgezet aaneen. Deze taak had hij met het verstrijken van de tijd omarmd als was het zijn lot en de werkelijke zin van zijn bestaan. In een boek had hij de dagen genummerd en de afgewerkte pakjes met streepjes aangeduid. Na iedere week telde hij het aantal op en voegde het toe aan het gestaag groeiende getal in de rechterbenedenhoek.

Als hij speciale wensen had, andere dan eten en een lege emmer, kon hij pen en papier gebruiken om boodschappen te sturen. In een houder stond een pen met een sierlijke houten stok naast een porseleinen potje met donkerpaarse inkt. Het papier was zo groot dat hij het in achten kon scheuren voor zijn korte berichten. Gek genoeg was het bedrukt met balken van telkens vijf lijnen. Op dit oude partituurpapier leek het dat zijn verzoeken gezongen moesten worden. Hij deed zijn best om mooi op de lijnen te schrijven en zijn boodschap nooit in het blanco deel van het papier te laten uitlopen. Hij hield zich voor dat verzorgde berichten meer kans gaven op een positief antwoord.

Twee keer per dag hoorde hij de deur van zijn kamer opengaan. De eerste keer dat dit gebeurde, verwachtte hij een bezoeker. Hij staarde een hele tijd boven zijn naaimachine uit naar de kier, tot hij begreep dat hijzelf werd uitgenodigd. Hij duwde de deur verder open, traag en omzichtig, uit vrees voor gevaarlijke verrassingen. Toch schrok hij nog van de drie dorre bladeren die door de herfstwind naar binnen werden geblazen.

Hij keek uit op een binnenplaats die niet groter was dan zijn naaikamer, volledig omgeven door een hoge, witgeschilderde muur. Pal in het midden stond een boom met een hoge stam en takken die uitliepen tot ver over de muren. De laagste takken waren afgezaagd, zodat ze niet als ladder konden worden gebruikt, daar was hij meteen zeker van. Tegen de stam stond een bank waarop twee personen konden zitten. Het kwam hem romantisch voor, een oude boom en een simpele bank op een binnenplaats. Omdat hij toch geen bezoek kreeg, ging hij altijd in het midden van de tweepersoonsbank zitten. Zo keek hij uit op de witte buitenmuur van zijn kamer tot hij zelf zijn pauze beëindigde en weer naar binnen ging.

De donkere bast van de boom stak altijd scherp af tegen de witte muur, of het nu winter was of zomer. De dikke takken die de stam in tweeën splitsten, staken bijna horizontaal naar links en rechts. Ze hadden de man geïnspireerd om de patronen te vergroten en een reuzendwangbuis te maken. Zo werd de stam een gevangen lichaam en de takken bevrijde armen. Dat vond hij een mooi beeld. Wat hem dreef om de boom van een keurslijf te voorzien, wist hij niet, het kwam gewoon in hem op. De mouwen kon hij niet over de hele lengte dichtstikken, hij legde ze rond de takken en naaide ze dan met grove steken vast. De vijf riemen trok hij strak dicht rond de ruwe, donkere torso en de halsriem rond de even brede nek. Het duurde zeker een week voor hij bij het buitenkomen niet meer schrok van de indrukwekkende figuur met de gespreide armen.

De man was nu niet langer alleen, hij kon praten tegen een boom in een dwangbuis. De bank versleepte hij tot tegen zijn gevel, zodat hij naar de boom kon zitten kijken. Als hij er lang genoeg naar staarde, begonnen zijn gedachten zinnen te vormen die zich samentrokken tot een monoloog. Na twee dagen sprak hij de zinnen ook echt uit, in de meest beschaafde vorm van zijn moedertaal en met gepaste intonatie. Hij hield van taal, en praten tegen een boom was niet gekker dan praten tegen een hond, wat veel mensen deden. Dikwijls herhaalde hij een passage en verfraaide ze tot ze schitterend klonk. De boom raakte hij nooit aan, hij respecteerde de spreekafstand die hem vroeger was aangeleerd.

Wel controleerde hij regelmatig de staat van de dwangbuis. Het garen van de naden bleek goed bestand tegen weer en wind, maar de gespen begonnen vrij snel te roesten. Dwangbuizen werden blijkbaar nooit buitenshuis gedragen. Als de wind speelde met de loshangende riem van de rechtermouw leek de boom te reageren, zoals een hond die kwispelt met zijn staart, ook al begrijpt hij geen woord van wat men tegen hem zegt.

Het bekleden van de boom als een lichaam had de man aan het denken gezet. De dwangbuizen die hij maakte, waren niet langer werkstukken die zijn bestaan in de cel rechtvaardigden. Ze dreven zijn aandacht naar wat ze verondersteld werden te omhullen. Het insnoeren van de stam had een gevoel laten ontwaken dat hij vergeten was, dat hij misschien ooit had gekend, hij wist het niet meer. Het verpakken van het lichaam van de boom had hem opgewonden, zo besefte hij nu pas. Het had de leegte in zijn werkstukken gevuld en hun doel duidelijk gemaakt. En bij dat doel begon hij zich vragen te stellen.

De stapels afgewerkte stukken groeiden daardoor trager dan voorheen, ondanks zijn routine en de niet aflatende liefde voor wat hij als zijn ambacht beschouwde. Hij streelde de mouwen en tegelijk de armen die erin hoorden en met twee handen vormde hij de taille naar de maat van zijn wensen. Het getal in de rechterbenedenhoek van zijn turfboek leek vast te lopen, alsof hij de optelkunde niet langer beheerste.

De man vroeg zich af wat er zou gebeuren als hij de hoeveelheden van vroeger niet meer zou halen. Hij beeldde zich in dat men zijn eten dan rantsoeneerde of zijn nachtemmer niet meer terugnam. Misschien werd zijn deur dan niet meer dagelijks geopend, zodat de lucht in de naaicel door zijn eigen adem ging bederven. Langs het luik kon men een stel ratten naar binnen laten om te krijsen, zich voort te planten en alles vol met keutels te leggen. Er waren zoveel mogelijkheden, hij moest dus verder werken.

De volgende dag legde hij op de lege maaltijdschotel een briefje met daarop: Ik wil een lichaam. Zoals bij elk verzoek had hij erg zorgvuldig tussen twee van de vijf muzieklijnen geschreven, zonder haperingen, vlekken of onregelmatigheden. Hij had het kort gehouden om zijn kansen niet te verkleinen met extra beschrijvingen die veeleisend zouden kunnen overkomen.

Een dag later kreeg hij bij het eten een leren foedraal met daarin een opgerolde prent van een anatomisch model. Men had hem een afbeelding gestuurd van een lichaam met opengewerkte huid, waaronder alle oppervlakkige spieren te zien waren. Er zat zelfs een haakje bij om ze op te hangen. Dat cynisme was zo onthutsend, dat hij de didactische prent samen met het dienblad weer door het luik schoof, zonder verder verzoek. Hij begreep dat hij onbekende lichamen zou blijven omhullen met gesatineerde jute, zonder er ooit een te zien te krijgen.

De daaropvolgende dagen bracht de man zijn vrije uren

buiten op zijn bank door. Hij staarde naar de boom, die hij nu zag als een acteur in een miniatuurtheater met een decor van witte, blinde muren. De lucht erboven leek op een schilderij dat zichzelf traag maar onophoudelijk veranderde en zo het tijdsverloop zichtbaar maakte. De man keek vanaf de eerste rij naar een eindeloze eenakter zonder script.

Tegelijk kwam hem een massa gezichtsloze individuen voor de geest, even groot als de slotsom in zijn aantekenboekje. Met hetzelfde kostuum als de theatrale boom doolden ze in wanorde door elkaar. Even daarna stonden ze als militairen in het gelid, overzichtelijk en indrukwekkend. En altijd waren ze elkaars evenbeeld, in de witte uniformen van hun gevangenschap.

Jaren gingen voorbij, zo dacht de man. Het staren naar stiksels die ratelend de krijtlijnen van de patronen volgden, vormde het grootste deel van zijn bestaan. Naar zijn gevoel zat ondertussen heel de wereldbevolking in gesatineerde jute gevangen. De stof rond de boom bewees dat vervanging zo goed als overbodig was. De draden van het weefsel trotseerden de elementen en de snit was tijdloos. Het model had een eeuwigheidswaarde, zodat elk werkstuk geschikt bleef voor elk toekomstig lichaam dat in zijn handelen beperkt moest worden.

De man vroeg zich af of zijn naaimachine ooit gebruikt was geweest voor hemden en bloesjes. Hij trachtte in te schatten wanneer het toestel was vervaardigd, maar staarde in een verleden zonder merktekens. Hoeveel aanrakingen waren nodig geweest om de lak van het draaiwiel weg te wrijven en het ontblote metaal te polijsten?

Op een ochtend werd hij wakker en merkte dat de nachtelijke leveranciers een nieuwe rol hadden gebracht. Hij had erdoorheen geslapen zoals altijd, maar dat deerde hem niet meer. Wel raakte hij ontzet door het materiaal. Het was niet het witte textiel, dat hem vertrouwen schonk door zijn zuiverheid en waarop de potloodlijnen van het patroon zo duidelijk uitkwamen. Nu hing er een dunne rol zwart leer aan de houder. Hij staarde er een volle minuut naar, alsof het ging om een uiterst zeldzaam natuurverschijnsel. Daarna voelde hij eraan en besnuffelde het als een dier. Het was het fijnste leer dat hij ooit had gezien.

Toen opende hij de koker die erbij lag en ontrolde het parelmoerachtige patroonpapier dat erin zat. Daarop stond een model dat hij nog nooit had gezien. De schouders hadden een kolossale breedte en de taille was zo smal dat er nauwelijks organen in zouden passen. Naast de koker stond een houten kistje, dat hij voorzichtig opende. Hij haalde er een potloodje uit, met een vuurrode punt die het patroon in duidelijke lijnen op het zwarte leer zou overbrengen. In een klein etui zat een dikke naald, die paste op zijn naaimachine en met gemak door het stevige leer zou prikken. Ook zat er een klosje in met opvallend dik garen in het felle rood van het potloodje. De hoeveelheid leer en garen en de lengte van het potloodje wezen erop dat het zou gaan om één enkel werkstuk.

Pas tijdens het knippen merkte hij dat de belangrijkste delen in het patroon ontbraken. De lange mouwen die een dwangbuis maken tot wat ze is, waren nergens te vinden. Dwaas keek hij onder zijn werktafel en hij schudde ongelovig met de koker. Nadat hij alle stukken had uitgeknipt, bleek dat er zelfs geen leer meer over was voor mouwen.

Het voltooide model had enorme armgaten, die boven tot bijna aan de halsopening liepen en onderaan tot halverwege de zijflank. Ze zouden elke dwangbuisdrager belachelijk maken.

Ondanks zijn bedrevenheid en zijn nieuwsgierigheid naar het resultaat, duurde het stikwerk langer dan gewoonlijk. Dat lag niet aan het vreemde materiaal of aan het nieuwe patroon, maar aan zijn overdreven kwaliteitszorg. Hij vond de tuniek zo ontzagwekkend dat de onbekende drager hem beangstigde. Het lichaamsvolume dat het leer kon omvatten was op het randje van menselijk. Het deed de man denken aan de fantastische prenten uit de boeken die hij als kind had gelezen.

Over zulke dingen dagdroomde hij wel eens, over bizarre patronen en vreemde stoffen. Het waren allemaal gekke fantasieën om zichzelf te amuseren. Maar het maken van witte dwangbuizen in één stof en volgens één patroon was het enige wat werkelijk gebeurde. En op de ommuurde binnenplaats zou altijd de boom staan, met gespreide armen.

MIJNHEER GEORGES-HENRI

'De patiënt wil het zo en het is wenselijk dat je doet alsof het heel gewoon is. De dokter heeft gezegd dat het erg veel voorkomt, een plotselinge karakterwijziging. Om de schade na de verlamming te beperken, heeft men in de hersenen moeten snijden. En zoiets laat sporen na.'

De verpleegster deed graag gewichtig en trachtte spontaan te vertellen wat ze had ingestudeerd. 'Ons hele zijn wordt bewaard in een kilogram vlees in ons hoofd. Die moet je vergelijken met een onwaarschijnlijk dicht netwerk van buizen. Buizen die soms verbonden zijn en soms naast elkaar lopen, met vloeistoffen die gescheiden moeten blijven maar zich op bepaalde plaatsen dienen te vermengen. Het samenvloeien gebeurt in vooropgezette doseringen, beveiligd door terugslagkleppen. De chirurgische ingreep kun je dan vergelijken met de doortocht van een slooploeg.'

De bezoekers knikten beleefd om te laten zien dat ze het begrepen hadden. Maar hun ontzetting was er niet minder om. Mevrouw Dujardin vertelde de verpleegster dat ze de patiënt zo goed had gekend, dat mijnheer Georges-Henri de voornaamste vriend van haar vader was geweest.

Ze ging tegenover de man in de rolstoel zitten, zodat ze hem vriendelijk in de ogen kon kijken. Graag had ze haar hand op de zijne gelegd, maar dat durfde ze niet. Het was onmogelijk, omdat ze zich de aristocraat van weleer herinnerde, die met haar vader sprak alsof hij het lot van de wereld in die handen droeg. De aanraking zou kunnen lijken op een vrijpostig gebaar, een toenadering zonder goedkeuring. Maar ook vanwege zijn handschoenen kon ze het niet. Nooit had Georges-Henri handschoenen gedragen, zijn handen maakten deel uit van zijn overredingskracht. En nu droeg hij er in mintgroen.

'Ik begrijp dat het moeilijk is, dat is het voor elke bezoeker,' zei de verpleegster. 'De man die je zo lang hebt gekend, bestaat niet meer, alleen zijn lichaam is er nog. Zoals de tijd van een bejaarde een kind kan maken, zo kan snijwerk in de hersenen van iemand een totaal ander mens maken. Een bruut kan zachtmoedig worden, seksuele voorkeur kan omkeren, achterdocht kan een leven beginnen te domineren. Iemand die altijd stil was, kan breedsprakig worden. Ik zie hier dagelijks dingen die niemand gelooft. Je zult moeten aanvaarden dat mijnheer Georges-Henri zich totaal anders manifesteert dan voorheen.'

Mijnheer Dujardin legde in een teder gebaar zijn hand op de schouder van zijn echtgenote. Hij fluisterde haar iets in het oor dat de uitleg van de verpleegster aanvulde. Ze knikte gelaten, terwijl ze naar de oude man in de rolstoel staarde.

'Maar kijk eens naar het model van die laarzen met al die versieringen. En naar de kleur waarin de rolstoel is gelakt. Hoe kon men zijn wensen te weten komen? Mijnheer Georges-Henri kan niet meer praten.'

'Er zijn technieken gebruikt die het mogelijk maken op een ander niveau te communiceren. Met hypnose kan men heel omzichtig en met eindeloos geduld in contact komen met een patiënt als mijnheer Georges-Henri. Men kan antwoorden afleiden uit de primaire signalen die het lichaam nog in staat is uit te zenden.' De verpleegster sprak zacht en schijnbaar vol begrip. Ze legde haar handen op de schouders van de oude man in de rolstoel en schikte ondertussen zijn brede kanten kraag.

Mevrouw Dujardin glimlachte onwennig. 'Ik zie dat mijnheer Georges-Henri zich door de zeventiende eeuw heeft laten inspireren.'

'Zo is het,' zei de verpleegster. 'In zijn actieve periode heeft hij alle beschikbare boeken uit die tijd gelezen en zoals jullie misschien weten, heeft hij een kleine maar waardevolle collectie schilderijen van zeventiende-eeuwse meesters.'

'Dat weet ik,' zei mevrouw Dujardin. 'Ik kan me zelfs herinneren dat hij bij ieder bezoek een stukje speelde op een authentiek instrument uit die tijd.'

'Met dat in het achterhoofd kun je zijn huidige situatie erg goed begrijpen,' zei mijnheer Dujardin. 'Het is niet zo'n drastische verandering als bij sommige andere patiënten, het is gewoon wat er altijd al in hem zat. De aristocraat die is opgevoed in een streng vormelijk milieu heeft na de ingreep de façades weggehaald. Wat hij nu laat zien, is hoe hij zich altijd heeft gevoeld. Mijnheer Georges-Henri heeft de eeuwen die hij te laat is geboren weggevaagd.' Mijnheer Dujardin was zichtbaar blij met zijn samenvatting. De warme blik die hij van zijn echtgenote kreeg, vond hij welverdiend.

Met een kleerborstel veegde de verpleegster de stofjes van de mouwen en met een zachte doek boende ze het leer van de laarzen. 'Mijnheer Georges-Henri is zo trots, het hoort als vanzelfsprekend bij zijn stand.' Met haar vlakke hand wreef ze enkele draadjes van de rugbekleding van de rolstoel. Hiermee vestigde ze de aandacht op het stuk wandtapijt dat ervoor was gebruikt. 'Niet echt zeventiende-eeuws, maar toch een mooie imitatie.'

'De kleur van de handschoenen lijkt me niet echt naar de mode van die tijd,' merkte mijnheer Dujardin op.

De verpleegster glimlachte. 'Ook de kleur van de laarzen is een tikkeltje te fel en het motief op het vest is gebaseerd op een tekening uit onze tijd. Binnen zijn ernst hield mijnheer Georges-Henri wel van wat humor.'

De hoge baret die de verpleegster traag en respectvol op het hoofd van de verlamde man zette, herkende mevrouw Dujardin van een van de schilderijen uit zijn collectie. Het was een prachtige replica in zwart fluweel, met een ingeweven tekening in gouddraad. Mijnheer Georges-Henri kreeg ook een fraaie wandelstok tussen de knieën geklemd. De verpleegster had een bepaalde techniek bedacht waarmee ze zijn hand om het handvat kon leggen zonder dat die eraf viel.

De bezoekers bekeken de hele aankleding en probeerden oprechte bewondering te tonen. In de blik van de nagemaakte zeventiende-eeuwer meende mevrouw Dujardin opwinding te herkennen, die ze toeschreef aan een soort van heftige trots. Ze glimlachte naar haar echtgenoot en keek vragend om zich heen.

'Ik geloof dat mijnheer Georges-Henri er klaar voor is,' zei de verpleegster resoluut. Ze nam de bezoekers even apart voor een laatste toelichting. 'Ik wil jullie in zijn naam hartelijk bedanken omdat jullie hem het genot van een wandeling bezorgen. Het is alles wat we hem nog kunnen geven en er zijn zo weinig vrijwilligers voor deze groep. Het hele domein is vrij toegankelijk, maar kies toch vooral voor plaatsen waar veel mensen zijn. Mijnheer Georges-Henri wil zo graag gezien worden. Ik geloof dat mevrouw dat wel kan begrijpen.'

Mijnheer Dujardin duwde de rolstoel voorzichtig van het terras de grindweg op. Mevrouw Dujardin legde een hand op zijn arm en knikte minzaam naar een oudere dame die voorbijwandelde. Het was haar liefdadigheid die ze hiermee wilde tonen en meteen ook haar fijne manieren. 'We doen goede dingen,' fluisterde ze haar echtgenoot toe. 'En er is geen reden waarom we dit niet elke week zouden doen.' Terwijl ze een groepje pratende mensen voorbijwandelden, zette ze de baret een beetje rechter op het oude hoofd. En iedereen keek met een glimlach naar mijnheer Georges-Henri.

'Toch twijfel ik eraan of dit niet te veel is,' zei de verpleegster tegen het meisje met het hippe kapsel. Die was erbij komen staan nadat de vrijwilligers met de rolstoel een eindje verderop uit het zicht waren verdwenen. 'Ik ben bang dat ik hiermee een grens overschrijd.'

'Je hebt het over de weerloosheid van het slachtoffer,' zei het meisje kalm. 'Over iets wat je simpelweg niet doet, omdat het machtsmisbruik is, het diepste krenken van iemands eer.'

'Ja, inderdaad. Die man kan helemaal niets doen, hij kan alleen maar ondergaan.'

'Je zegt het helemaal juist,' zei het meisje met het hippe kapsel. 'Soms kun je niets doen, alleen maar ondergaan.'

TRIS

Toen hij twaalf werd, kreeg het jongetje de Tris. Zijn zus had hem het jaar daarvoor ontvangen, maar zij was toen al zestien geworden en de hare was grijs. Zo ging dat, de jongens kregen een hagelwitte en de meisjes een lichtgrijze, die haast onmerkbaar zacht dooraderd was. Ze werden weleens naast elkaar gelegd, maar zonder vragen of afgunst. De dingen waren wat ze waren en jongens en meisjes waren niet hetzelfde. Het jongetje was nog erg onvolwassen en ook wat simpel, maar als eenmaal de teller op twaalf stond, kreeg je als jongen de Tris. Daar ging wel een voorbereiding aan vooraf die een jaar duurde. Na die tijd werd je ontvankelijk bevonden, zelfs al kon je je eigen naam niet schrijven.

De Tris was een klein blokje, zoiets als een dobbelsteen zonder stippen en zonder afgeronde hoeken. Hij werd gemaakt uit marmer dat tot een perfect kubusje werd gepolijst. Vanaf de dag dat je de Tris had ontvangen, moest je hem steeds bij je dragen. Meisjes hingen hem aan een halssnoer of lieten hem verwerken in een armband. Jongens stopten hem in een leren etui dat met een kettinkje aan de binnenkant van hun broekzak werd vastgemaakt. Heren van stand droegen hem als een zakhorloge in hun vest en oude besjes omklemden hem de hele dag met beide handen.

De Tris hield samen wat anders uiteen zou vallen. Hij

verenigde en versterkte, maar bovenal schonk hij het leven structuur. Alles had een plaats waaraan niemand mocht twijfelen. En diegenen die ooit hadden getwijfeld, had men bijzonder sterk ontmoedigd. Twijfelen aan de sterkte van een rots bracht alles aan het wankelen en moest worden vermeden. Het witte blokje stelde het ene boven het andere zonder dat iemand om bewijzen vroeg. Zo ging het overal en zo was het altijd al gegaan.

Het jongetje legde de Tris in zijn handpalm en keek ernaar. Gloednieuw was het blokje, glanzend en zonder één enkel krasje of dof plekje dat kon wijzen op eerder gebruik. Het was de zuiverheid die als een klein vierkant op de huid van zijn hand lag. Bezorgd vroeg hij zich af of het zweet van zijn hand het blanke oppervlak niet zou aantasten. Daarover was hem niets gezegd tijdens het jaar van de voorbereiding. Zweet en huidschilfers waren niet ter sprake gekomen.

Er waren precies evenveel Trissen in omloop als er leden in de gemeenschap waren. Losse exemplaren bestonden niet, er hing steeds een mens aan vast. Als iemand overleed, werd het blokje op het koude voorhoofd gelegd en ging het zo mee het graf in. Een tweedehandsblokje kon niemand zich voorstellen, omdat het een ander mens had toebehoord. Zelfs bij antiquairs was er geen vraag naar. Iemand die een Tris vond, bracht hem naar het Raadhuis, waar met veel ernst alle gegevens werden genoteerd over de omstandigheden van de vondst. Een van de ouderen legde dan het blokje samen met het ingevulde document in een kistje, dat in een kluis werd bewaard. De naam van de eerlijke vinder werd in een register genoteerd en later aan de gemeenschap bekendgemaakt. Een vinder was als iemand die een medaille droeg.

De ongelukkige die zijn blokje was kwijtgeraakt, kwam in een ander register terecht. Maar voordat iemand daarvoor naar het Raadhuis ging, werd er eerst naarstig gezocht. Om te beginnen door de eigenaar zelf, zo onopvallend alsof hij vreesde voor zijn leven. Bij een plotselinge uitbarsting van vreugde wist het hele gezin wat er was gebeurd. Moeder glimlachte om de vondst en deelde in het geluk, vader keek nors om het verlies en strafte met zijn blik.

Als de eigenaar na enkele uren de Tris echter niet kon vinden, moest in een ruimer gebied worden gezocht en wel door het hele gezin. Van minuut tot minuut werd het traject van die dag gereconstrueerd en opnieuw afgewandeld. Als ook dan het blokje onvindbaar bleef, werd de ongelukkige naar het Raadhuis gestuurd. Daar werd zijn naam in volkomen stilte bijgeschreven in een zeer korte kolom. Dan werd hij uitvoerig ondervraagd over de omstandigheden van het verlies en bekeek de notulist mogelijke overeenkomsten met gevonden Trissen. Maar ook in het beste geval werd de naam van de verliezer nooit meer helemaal gezuiverd.

Eenmaal per week kwam iedereen samen in de Hal, een vierkant gebouw in het midden van het dorp. Daar werden de ouderen aangehoord, die hun wijsheid in rijke zinnen uitspraken. Ze lazen voor uit een boek dat heel het leven beschreef en een antwoord klaar had voor elke vraag die iemand maar zou kunnen bedenken. Het was een vierkant boek met een brede rug, waarop de witte voorkant en de lichtgrijze achterkant doorliepen en elkaar raakten.

In het midden van de Hal stond een grote kubus in wit marmer, een reusachtige Tris. In de ruimte was er weinig licht, ze was schemerig in de zomer en donker in de winter. Een trechtervormig dak vergaarde het daglicht dat door het laaghangende, horizontale raam over de kubus werd uitgegoten. Zo leek de gigantische Tris altijd te stralen voor de toehoorders, die het beeld na de samenkomst nog geruime tijd op hun netvlies meedroegen.

Voor elk van de vier staande ribben van het marmeren blok zat een rij toehoorders. Zo had iedereen zicht op het bovenvlak en twee zijkanten. Er waren ook steeds twee zijden onzichtbaar en de onderkant zag nooit iemand. Aan dit alles was heel wat symboliek gekoppeld, over zien en weten, kennen en keerzijden, licht en donker.

Door de stalen roosters waarop de stoelen stonden, galmde de indringende muziek die in het souterrain werd gemaakt. Daar zorgden onzichtbare vocalisten en musici voor klanken die in niets te vergelijken waren met de volkse muziek van de dorpelingen. De partituren van dit verheven repertorium verlieten de ondergrondse klankruimte nooit zodat de muziek alleen rondom de reuzentris kon worden gehoord. Voor velen golden deze klanken als een hoorbaar bewijs voor wat onzichtbaar in de Hal aanwezig was. Deze muziek kon niet zomaar uit een mensenhoofd zijn ontstaan, evenmin als de verhalen uit het vierkante boek.

De hele samenkomst was opgebouwd rondom de Stroom. Wanneer de muziek doordringend monotoon werd, kwam vanuit elk van de vier rijen de eerste oudere naar de grote Tris geschuifeld. Geknield en met het gezicht naar de grond legden ze dan alle vier hun eigen witte blokje op het grote marmeren bovenvlak. Na enkele ogenblikken gaf een kleine gong het teken om de Trissen weer weg te nemen. Dan waren de vier volgende ouderen aan de beurt. Steeds jongere mannen volgden tot de jongens de eerste Stroom beëindigden. Dan deden de vrouwen hetzelfde, zodat de tweede Stroom uiteindelijk ophield bij de jongste zestienjarige meisjes die hun lichtgrijze blokje op het stralende wit neerlegden.

De Stroom symboliseerde de tocht van allen naar de ene Tris, maar ook de energie die van het grote naar het kleine marmer stroomde. Na de Stroom wogen de woorden uit het vierkante boek zwaarder en werd de twijfel die sommigen hadden toegelaten weer vervangen door zekerheid. De kracht van de Stroom bleek ongeveer een week te werken, waarna de zwakheid langzaam weer in lichaam en geest binnenvloeide. Niemand kon leven zonder de grote Tris, die het eigen blokje de unieke bestaansenergie leverde.

De Tris had altijd al bestaan, zo vertelde het vierkante boek, en de aarde zelf was eruit gegroeid. Kluit na kluit had de witte kubus onderaan grond uit zichzelf weggeduwd. De reusachtige, grauwgrijze bol die zo was ontstaan, had een doorgroefde korst met gaten, uitstulpingen en vochtige plekken. Een ruwe massa was het, met een minuscuul zesvlak in het zuiverste wit erbovenop. Anders gezien was het een perfecte, blanke vorm met een monstrueuze aangroei.

Uit die kubus was daarna ook nog de eerste mens geboren, met diep in zijn hals zijn eigen kleine kubus. Dit blokje had hij uit zijn keel gestoten, met een verstikkingsangst die hem tot zijn laatste adem nooit meer zou verlaten. Die eerste mens had deze kleine Tris met beide handen opgevangen, samen met het bloed dat zijn luchtpijp had meegegeven. Hiermee hield hij zijn eigen leven in zijn handen zoals hij het uiteindelijk zou teruggeven aan de aarde, samen met zijn lichaam.

Die eerste mens wist niets van de aarde. Hij doolde rond,

goot water door zijn keel en vrat tot er niets meer bij kon. Gehurkt ledigde hij zijn lichaam en als het licht van de dag wegtrok, zocht hij angstig naar een schuilplaats. Daar betastte hij dankbaar de gladde, witte steen, die zichtbaar bleef in het donker van de nacht. Keer op keer bracht de Tris het licht van de ochtend weer en toonde daarna de weg naar voedsel en water. Uit dierenhuid maakte de mens voor zijn schat een zakje, dat hij om zijn middel bond met een soepele plantenstengel. Het was zijn enige tastbare zekerheid.

Het vierkante boek stond vol verhalen over de lotgevallen van de eerste mens. Iedereen kon zichzelf in zijn plaats stellen en zijn gedachten volgen, waardoor het leek alsof hij alle denkbare angsten en zwakheden kende. En steeds was er na de ellende een goede afloop, maar uitsluitend dankzij de Tris. Het vierkante boek was evengoed leesbaar als een avonturenboek voor jongens. Ieder gezin had verschillende exemplaren in huis. Naast dat voor de ouders was er eentje met plaatjes voor jonge kinderen, die daarbuiten geen andere boeken onder ogen kregen. Er was een speciale uitgave voor meisjes, met de nadruk op bepaalde verwachtingen en een zwaardere versie voor jongens, die gebonden was in een leren kaft.

Het jongetje dat de Tris net had ontvangen, las liever in het prentenboek waarvoor hij eigenlijk al te oud was. Maar de ouderen hadden gezegd dat het goed was en dat het leren boek dan wel voor later was. En ook als die tijd nooit zou komen, mocht het kleine boekje blijven. Er waren zelfs oudjes die er weer in begonnen.

De hele dag door was hij bezig met zijn Tris. Hij bekeek hem in iedere kamer van het huis, in het licht van het raam en in het donker onder zijn bed. Op elk meubel legde hij zijn blokje neer en ook op de vloer. Hij drukte het tegen alle muren en beklom zelfs de zoldertrap om het tegen de dakpannen te houden. Als hij dagen later nog een onaangeroerd plekje zag, pakte hij meteen de Tris, zodat hij het lijstje in zijn gedachten kon afmaken.

Pas toen zijn blokje alles in het huis had aangeraakt, werd hij rustig en begon hij aan zijn lichaam. Eerst de grote delen: hoofd, romp en ledematen. Maar dat leek hem niet voldoende. Hij ging dus verder en legde de Tris op elk lichaamsdeel dat kon worden benoemd. Systematisch werkte hij alles af en hield zich dan voor dat hij helemaal beschermd was. Hij zou het opleggen elke week op dezelfde dag herhalen.

Op die dag ging hij ook naar de Hal voor een nieuwe lading energie. Hij had zich suf gepiekerd over wanneer de oplegging moest plaatsvinden, voor of na de Stroom. In het ene geval moest hij het doen met het laatste restje energie dat was overgebleven van de week ervoor. Daarbij vroeg hij zich af of dat wel voldoende was voor die belangrijke verzekering. Maar als hij huis en lichaam aanraakte met een pas opgeladen Tris, twijfelde hij ernstig aan de reserve voor de rest van de nieuwe week. Enkele opeenvolgende maanden wisselde hij de twee mogelijkheden af, in de hoop dat de ervaring een oplossing zou brengen. Het resultaat was dat hij zich nu helemaal onzeker voelde, omdat de voordelen van beide systemen niet konden opwegen tegen de nadelen. Hij zag alleen een zwakke oplegging of een zwakke energievoorraad.

Het jongetje vroeg toestemming om de Hal twee keer per week te bezoeken. Die oplossing had hij zelf bedacht. Een dubbele lading zou mogelijke tekorten vermijden en hem heel erg geruststellen. Na zijn beleefde verzoek schonken de ouderen hem met een genereus handgebaar en een minzame glimlach toestemming.

Maar na de eerste vreugde diende zich al meteen een probleem aan. De Stroom op zondag leverde energie voor de twee dagen die volgden. Die op woensdag moest daarentegen drie opeenvolgende dagen voorzien. Dat betekende een zwakke zaterdag, die hem zorgen baarde. Zelfs als hij nog een extra Stroom zou krijgen, zou er altijd een mindere dag overblijven.

De jongen overwoog alles wat zijn verstand hem ingaf, tot hij op zaterdagochtend met koorts wakker werd. Zijn lichaam voelde weerloos. Hij kreeg twee lepels van een bitterzoete siroop en een klein pilletje. Pas toen hem tegen de middag een zuigtablet werd voorgehouden, kwam de ingeving. Hij stopte niet de tablet, maar de Tris in zijn mond en sloot de ogen. De beterschap, die bijzonder snel kwam, verbaasde hem in het geheel niet. Het witte blokje ging rond in zijn mond en zorgde voor een speekselaanvoer die deeltjes van de Tris in zijn lichaam binnenbracht. Het kon niet anders of de bijna uitgewerkte energie zou zo helemaal haar doel bereiken. De jongen was hersteld en tevreden.

De Tris in zijn mond was hem bijzonder aangenaam geweest. De zondagse Stroom die volgde, maakte hem sterk, maar zijn lege mond liet hem een gemis voelen. Op maandag duwde hij het blokje in zijn mond en besloot het er nooit meer uit te halen. Nog eenmaal proefde hij de zweetsmaak van zijn handen en daarna alleen nog de zuiverheid van het witte marmer. Ook 's nachts hield hij de Tris in zijn mond, alleen bij het betreden van de Hal moest hij er een uurtje uit. Zijn lege mond gaf hem dan een raar gevoel, alsof hij tijdelijk een lichaamsdeel moest missen. Onmiddellijk na de Stroom verlangde hij naar de zindering van de opgeladen Tris tussen tong en gehemelte.

Ongeveer een jaar later, tijdens een koortsnacht, stikte de jongen in zijn blokje. Toch was zijn laatste besef dankbaarheid, want nooit was iemand dichter bij de eerste mens gekomen, die was geboren met de Tris in zijn keel.

TWEESPRONG

I

Na een urenlange wandeling kwam de man aan bij een tweesprong. Hij zette zijn rugzak neer en ging er tegenaan zitten. De streek was hem totaal onbekend, hij trok zomaar van hier naar daar. Overal vroeg hij de weg, ook al had hij eigenlijk geen echt doel. Zich de weg laten wijzen vond hij erg comfortabel, kiezen maakte hem zenuwachtig. Ook al wees een dronkaard hem een richting aan, de man vond het best. Wijsvingers volgen, zo was hij op pad gegaan en zo was hij al heel ver gekomen. Hier en daar een karweitje opknappen zorgde voor wat geld en soms werd hij binnengehaald door lieve mensen die hem eten en onderdak aanboden. Hij praatte vriendelijk met iedereen, eiste of verwachtte niets en bleef zo zonder moeite uit de problemen. Het pad van zijn leven werd voor zijn voeten geplaveid, meter voor meter.

Maar bij deze tweesprong was hij alleen. Geen wijsvingers hier, geen knikkende hoofden of iemand die een eindje meeliep. Alleen weiden en velden zover hij kon zien en twee wegen die op dezelfde manier dit landschap doorkliefden. Niet een groene dreef en een holle zandweg of een kasseibaan en een bospad, maar twee wegen van dezelfde soort. Alleen liep de ene naar links en de andere naar rechts. Geen wegwijzer te vinden hier, geen spoor of teken dat hem zou kunnen lokken. Hij overwoog om te wachten tot er een boer langskwam of een wandelaar, iemand die hem kon sturen. Maar dat zou lang wachten worden, aan een weg waar niemand iets verloren had. En het zou ook laf zijn, dat wist hij.

Het verbaasde hem hoe zijn lichaam reageerde met zweet en maagkrampen, hoe hij ronddrentelde en moest plassen. Uit zijn rugzak nam hij wat eten dat hij zonder smaak opat. De tweesprong stond voor zijn besluiteloosheid, voor zijn faalangst, voor de toekomst waarop hij zo graag de hand zou leggen. De man haatte de splitsing, die als een scherpe punt naar hem wees, naar de zwakte die hij al heel zijn leven meedroeg. Kiezen is de helft verliezen, had zijn moeder altijd gezegd.

Ineens stond hij op en gooide zijn afgekloven appel naar het midden van de tweesprong, met zijn ogen dicht. Daarop nam hij zijn rugzak en wandelde de weg op, waar het klokhuis was neergekomen. Maar na zo'n honderd meter keerde hij om en liep terug naar de splitsing waar hij de andere weg opging. Een afgedwongen aanwijzing was een vervalsing, zo bedacht hij. Geen gedoe met klokhuizen. Deze beslissing gaf hem een goed gevoel. Hij zag zichzelf kordaat stappen in een richting die hij helemaal zelf had gekozen.

Aan de weg van zijn vrije keuze leek geen einde te komen. Het landschap dat die weg hem liet doorkruisen bleef urenlang nagenoeg hetzelfde. Alleen het afnemende licht van de avond gaf het een andere kleur. De man vloekte, omdat hij al zeker onder de blote hemel zou moeten slapen. Nergens was iets te zien wat hij als rustplaats kon inrichten, geen hok voor landbouwgereedschap, geen droogplaats voor brandhout, geen schuilplaats voor dieren. Het land was leeg.

De man trok het deken uit zijn rugzak en spreidde het uit in een holte onder een boom. Het zou de keuze van ieder dier zijn, bedacht hij vol zelfmedelijden. Bescherming tegen de angst voor de nacht, zelfs in een leegte die reikt tot aan de horizon. De man nestelde zich in zijn slaaphol, opgerold in zijn deken en met zijn rugzak onder zijn hoofd. Het was alweer een hele tijd geleden dat hij zo onzacht in slaap moest zien te komen.

De ochtend daarop begon het te regenen. In de zomer zou de volle kruin van de boom het deken droog hebben gehouden maar nu vielen de druppels tussen de half kale takken door. Opstaan en in de regen verder lopen door open landerijen had geen zin. Dus bleef de man liggen en hoopte op een korte bui. De angst sloeg hem om het hart toen er zowaar een hond opdook, die hem vijandig aankeek en toen weer verder liep. Ik lig misschien wel in zijn hol, dacht de man, ik heb het bed van een hond ingepikt.

Zijn bede om een korte bui werd niet verhoord, zodat hij uiteindelijk doorweekt verder trok langs de bemodderde weg. Toen het opklaarde, legde hij het deken te drogen over zijn hoofd en zijn rugzak, zodat hij leek op een middeleeuwse bedelaar met een bochel. Zo liep hij verder in de richting die zijn zelfgekozen pad hem aangaf. Een pad dat steeds vlakker werd en minder begrensd, tot het uiteindelijk uitliep op een steenachtig braakland.

De man zag zichzelf op onvruchtbare aarde staan, tussen keien en dorre takken. Hij lachte hardop en gemeend. Hij had zichzelf een traag pad opgestuurd dat hem uiteindelijk op dode grond had neergezet. Er ontbraken niet alleen wegwijzers, er was zelfs geen weg meer. De man draaide rond en zag geen enkele richting die beter leek dan een andere.

Alleen de weg terug onderscheidde zich, maar dat was de richting naar de nederlaag, die hij daarom volledig uitsloot.

Hij koos dus maar voor het verlengde van de weg die hem hier had gebracht en zette het op een rennen. Dat moest verloren tijd goedmaken en hem sneller uit deze leegte halen. En het moest ook vastberadenheid voorstellen. Hij rende zo lang hij kon en liet zijn rugzak op hem inbeuken, telkens als zijn voeten op de harde bodem neerkwamen. Zo bestrafte hij zichzelf, tot zijn rug openlag en hij uitgeput neerviel.

De heer met het te krappe maatpak die hij later in het midden van een akker tegenkwam, kon hem niet helpen. Niet omdat die heer geen goede richting wist, maar omdat hij niet eens wist wat richting betekende. Hij had gladde maniertjes, maar ook gewichtige gebaren en hij sprak met grote ernst onverstaanbare woorden.

De ontmoeting bood geen enkel houvast zodat de man met de rugzak het benauwd kreeg. De heer in het maatpak startte vanuit het niets een vurig pleidooi tegen een ingebeeld onrecht. Dit liep uit op een soort donderpreek die alleen uit onaardse scheldwoorden bestond en gericht was tegen de man, die gewoon maar om een richting had gevraagd.

Plotseling werd de heer stil en boog het hoofd. Hij schudde nee in zichzelf terwijl hij zuchtte en prevelde. Theatraal maakte hij een eind aan de ontmoeting door de man weg te sturen als een stout kind. Hij wees naar een boom in de verte, alsof de straffen daar werden uitgedeeld.

Zo kon de man weer verder, eerst tot aan de aangewezen boom en dan gewoon doorlopen. Zelfs volkomen dwaasheid kon een richting opleveren. Dit was opluchting na wanhoop. De man had nu besloten nooit meer vragen te stellen. Hij zou het houden bij dit nieuwe pad, dat helemaal geen pad was maar een lijn in vogelvlucht door het land.

Vogelvlucht, dat woord had hij voor het eerst als jong kind geleerd en het was hem altijd bijgebleven. Het was een lijn die je alleen op een landkaart kon trekken, met een liniaal. Je kon ze zien als je in gedachten boven de aarde zweefde, ze ging dwars door bergen en meren, door steden en boerderijen. Deze lijn, die door de willekeur van een dwaas was aangewezen, zou de man nu volgen. Het moest kunnen in dit vlakke land zonder waterlopen.

Dagenlang wandelde hij en at wat hij kon vinden. Hij stal al wat eetbaar was uit boomgaarden en akkers, maar alleen wat hij op zijn rechte lijn kon vinden. Bogen en zijsprongen permitteerde hij zich niet langer, behalve als hij om een boerderij of een vijver heen moest lopen.

Uiteindelijk gebeurde wat hij had verwacht. Elke lijn die je op een kaart trekt, komt uiteindelijk uit op een zee. De man begon zichzelf een sprookjesfiguur te vinden. Een eindoplossing kon vogelvlucht nooit bieden. Ook het woord begon hem dwars te zitten. Vlucht, daarin kon hij vliegen zien, maar het klonk evengoed als lafheid. Hij was een lafaard aan de zee, een groteske verschijning, in wezen was hij misschien wel net zo raar als de man in het maatpak.

Hij ging zitten op een klein strandje en at het laatste stuk brood op dat hij in zijn rugzak vond. Met een takje tekende hij het getal van zijn leeftijd in het zand. Het was een derde van het getal waarop zijn welgestelde grootvader was gestorven. Maar die had in heel zijn leven nooit de zee gezien, bedacht de man met een soort droevige glimlach.

Het water dwong hem na te denken. Hij zou een boot

kunnen nemen naar het vasteland aan de andere kant van de zee en daar verder wandelen. Maar ook dat land zou weer eindigen aan een zee. Hij zou kunnen leven van de strandjutterij en van vers gevangen vis. Wat een idee. Of hij kon het water in wandelen met zijn zakken vol grote keien. Maar dat deed een lafaard dan weer niet.

Een halve dag liep hij rond op het ingesloten strandje, dat nu even zijn hele wereld leek. De zee rondom was een grijze leegte die uitliep in de lucht. In een gekke aandrang begon de man met zijn handen in het zand te graven. Zo ontstond een ondiepe kuil, waarin hij zich opgekruld te ruste legde. Het zand gaf zonnewarmte door aan zijn lichaam, zodat hij loom werd en in slaap viel.

Enkele uren later werd hij gewekt door het zachte praten van twee vrouwen. Ze zaten geknield voor zijn zandbed en keken hem vertederd aan. De opgekrulde man drukte verschrikt zijn rugzak tegen zijn borst, alsof er ook maar iets van waarde in zat. Dat maakte hem weerloos, wat beide vrouwen nog meer ontroerde.

'Ik heb hem het eerst gezien,' lachte de jongste van de twee.

'Jij mag hem hebben,' zei de ander met gespeelde grootmoedigheid. 'Ik heb toch altijd gezegd dat je een man aan je voeten zou vinden. Oma's kunnen in de toekomst kijken.'

'Lieve, mooie man,' declameerde de jonge vrouw, 'je reis is ten einde. Ik heb gevonden en jij bent mijn vondst.' Ze maakten zich vrolijk en bekeken hem van dichtbij. 'Nee, serieus, waarom lig je hier?'

'Ik weet niet waarheen,' zei de man met de rugzak. 'Maar nu ben ik gevonden.'

II

Na een urenlange wandeling kwam de man aan bij een tweesprong. Hij zette zijn rugzak neer en ging er tegenaan zitten. De streek was hem totaal onbekend, hij trok zomaar van hier naar daar. Overal vroeg hij de weg, ook al had hij eigenlijk geen echt doel. Zich de weg laten wijzen vond hij erg comfortabel, kiezen maakte hem zenuwachtig. Ook al wees een dronkaard hem een richting aan, de man vond het best. Wijsvingers volgen, zo was hij op pad gegaan en zo was hij al heel ver gekomen. Hier en daar een karweitje opknappen zorgde voor wat geld en soms werd hij binnengehaald door lieve mensen die hem eten en onderdak aanboden. Hij praatte vriendelijk met iedereen, eiste of verwachtte niets en bleef zo zonder moeite uit de problemen. Het pad van zijn leven werd voor zijn voeten geplaveid, meter voor meter.

Maar bij deze tweesprong was hij alleen. Geen wijsvingers hier, geen knikkende hoofden of iemand die een eindje meeliep. Alleen weiden en velden zover hij kon zien en twee wegen die op dezelfde manier dit landschap doorkliefden. Niet een groene dreef en een holle zandweg of een kasseibaan en een bospad, maar twee wegen van dezelfde soort. Alleen liep de ene naar links en de andere naar rechts.

Vandaag evenwel was hij zeker van zichzelf en nam de weg die naar links liep, zonder te twijfelen. De man keek niet om en stapte verder alsof er geen tweesprong was geweest. Morgen zou het wel weer anders zijn, maar nu genoot hij van zijn vastberadenheid.

Na een uur kwam hij bij een grasveldje naast de weg, waar een jonge vrouw op een deken zat naast een picknickmand. Hij wandelde naar haar toe en sprak haar vriendelijk aan, wat hij vroeger nooit zou hebben gedaan. De vrouw bood hem wat te eten aan en ook een glas wijn. Dat bracht zijn moed, die meestal diep verborgen zat, naar boven.

'Zullen we straks samen naar het dorp wandelen?' stelde hij haar voor. De jonge vrouw glimlachte.

'Nee,' zei ze beleefd. 'Ik ga op bezoek bij mijn oma. Die woont aan zee, dat is nog een heel eind lopen.'

LA CASA

Claudine ging op bezoek bij haar man, die al drie jaar in La Casa verbleef. Na het ernstige ongeluk kon hij thuis niet langer worden verzorgd. Zijn toestand vereiste speciale technische hulpmiddelen en een mentale instelling die niemand in zijn omgeving zou kunnen opbrengen. Alleen een verblijf buiten de echtelijke woning met een systeem van vooraf geplande bezoeken maakte het draaglijk.

Men had voor de instelling een naam uit het zuiden bedacht. Die moest geborgenheid en warmte uitstralen en bovenal een soort rust die eindeloos mocht duren. Maar vanuit zakelijk inzicht moest er ook stijl en rijkdom worden getoond, om duidelijk te maken dat niet ieder wandelend lijk er zomaar zijn valies kon neerzetten. Daarom had men een vervallen hotel schitterend in zijn oude glorie hersteld. Met ruime budgetten had men de virtuoos geschilderde marmerimitaties en het overdadige stucwerk aan het plafond in hun oorspronkelijke staat teruggebracht. De ontbrekende delen van de lambriseringen waren met de grootste vakkennis in dezelfde houtsoort nagemaakt en voorzien van identiek snijwerk. Na intensieve reiniging kleurden de glas-in-loodramen het invallende licht weer alsof ze pas waren gezet. Vanwege de hedendaagse eisen hadden architecten de meeste kamers laten vergroten alsof ze twee eeuwen geleden zo waren ontworpen.

Geld en vakmanschap hadden het oude hotel veranderd in een paleis van nostalgie, waar alle hedendaagse luxe geraffineerd verborgen zat achter authentieke interieurstukken. Zo werden dure wijnen en versnaperingen gebracht als een antiek portretschilderij van dichtbij werd aangesproken. Op eenvoudig verzoek las een marmeren buste boeken voor in een stemtimbre naar keuze. De kamertemperatuur kon worden geregeld met handgebaren voor de imposante haard. Uit verborgen luidsprekers klonk klassieke achtergrondmuziek die dateerde uit de bouwperiode van het hotel.

Omdat de inbreng van de bewoners beperkt bleef tot aanwezig zijn, was alles gericht op het comfort van de bezoekers. Hun aankomst stond steeds ruim vooraf gepland, waardoor ze goed voorbereid werden ontvangen, net als de adel die er destijds logeerde. Er was steeds een glaasje vooraf met bijhorende hapjes en persoonlijke begeleiding naar de vertrekken van hun geliefden. De respectvol en klassiek geklede assistenten hielden de bezoekers er geruime tijd gezelschap, terwijl ze de lichamelijke toestand van de bewoner met veel woorden beschreven. Ze gebruikten uitgebreide en lyrische omschrijvingen, waarin de reeds lang gekende waarheid werd verbloemd en de uitzichtloosheid zacht werd toegedekt.

Hoop en illusie bestonden niet in La Casa, alleen verplichte aanvaarding die ruim gedefinieerd in het contract was opgenomen. Omdat verandering alleen maar neergang kon betekenen, was behoud het hoogste medische doel. De bewoners werden nooit patiënt genoemd en met het grootste respect bejegend. Dokters en zorgpersoneel droegen geen beroepskledij en gebruikten nooit medische termen. Nergens waren meetinstrumenten of geneesmiddelen te zien, niets duidde op de delicate lichamelijke toestand van de bewoners. Alleen kon men er zeker van zijn dat achter de schermen een gespecialiseerde medische staf permanent toezicht uitoefende en ingreep bij de minste signalen die een verslechtering aankondigden.

Claudine bezocht haar man iedere week op zondag, een dag die het altijd stemmige kader nog een speciale tint gaf. Op zondag had de rust iets adellijks, vond Claudine. Meteen nadat de assistent zijn verplichte gesprek met een glimlach had afgerond en de kamer had verlaten, opende ze de hoge balkondeuren, die uitzicht boden op de riante tuin. Ze keek naar haar man, die aan het kleine tafeltje bij het raam zat, met een glas whisky naast een prachtig geslepen karaf. Zijn gouden drank, zoals hij hem altijd noemde, werd steeds geschonken uit een van de kristallen karaffen uit zijn verzameling. Dat maakte deel uit van het ritueel.

'Ik ga even de tuin in', zei Claudine iedere keer opnieuw. Een antwoord kwam er nooit, al drie jaar niet. Ze glimlachte naar hem en ook een beetje omdat ze het zichzelf alweer hoorde zeggen. Het was een minzaam theaterstuk geworden, een zondagse matinee. Op het balkon leunde Claudine op de balustrade terwijl ze de tuin als een panorama bekeek. De volgroeide beplanting was samen met het gebouw ontworpen. De stijl van het interieur liep via de balkondeuren over in die van de tuin. Claudine ging traag de zes treden van de arduinen trap af. Ze had al eens berekend wat ze iedere maand betaalde per trede en kwam tot een getal, even onzinnig als gigantisch.

Op zachte dagen liep de perfect onderhouden tuin vol met bezoekers, duur gekleed en met een kalmte die eigen is aan een stand die zich nergens druk over hoeft te maken. Als ze in elkaars buurt kwamen, knikten ze met een aristocratisch glimlachje. Ze zaten aan chique tuintafeltjes zonder ooit moe te zijn en dronken dure drankjes zonder ooit dorst te hebben. De eeuwen hadden blijkbaar weinig verandering gebracht.

Alle wandelaars hadden een geliefde die in het grote huis verbleef en allen hadden ze het contract met de verplichte lotsaanvaarding ondertekend. Ze vonden in La Casa een speciale vorm van troost die nergens anders geboden werd. Het was het enige huis ter wereld waar men zo vooruitstrevend omging met menselijkheid in die zeer delicate omstandigheden. Uiteraard was er felle tegenstand geweest vanuit religieuze hoek. Er waren zelfs groepjes mensen op straat gekomen met spandoeken en geroep. Enkele tijdschriften hadden er een fel artikel aan gewijd, met het rijk geornamenteerde gebouw op de voorpagina. Er was evenwel geen enkel conflict met de wet, zodat het instituut dat La Casa had gesticht zelfs niet de moeite had genomen te reageren.

De immense vergoeding die voor het verblijf moest worden betaald was voor niemand een probleem. Het beperkte aantal kamers in het voormalige hotel liet een haast onbegrensde ruimte voor de prijsbepaling. Er werd bewust gemikt op het leed van de vijf procent rijksten van het land. Een kamer in La Casa zou zo niet alleen getuigen van een verheven ethisch bewustzijn, maar ook van een ongelooflijke welstand.

Ook een kennis van Claudine had de zorg voor haar geliefde aan La Casa toevertrouwd. Laurence had zielsveel van haar man gehouden en na zijn beroerte zonder aarzelen gekozen voor zijn blijvende aanwezigheid. Twee keer per week kwam ze op bezoek met verse bloemen en las ze voor uit de boeken van zijn favoriete schrijvers. Ze kamde zijn mooie, grijze haar met veel zorg en zijn gezicht masseerde ze met de duurste crèmes.

De muziek op de achtergrond had ze speciaal naar zijn voorkeur laten herschrijven en door een symfonieorkest laten uitvoeren. De opnames waren schitterend en Laurence was er zeker van dat ze tot haar geliefde konden doordringen. Het betalen van de torenhoge honoraria was haar een groot genoegen geweest. Ze had bovendien de orkestleden persoonlijk bedankt met erg waardevolle geschenken.

Geld had voor haar geen enkele waarde meer, ze gaf het uit aan alles wat haar man belangrijk had gevonden. Een vereniging voor dierenwelzijn schonk ze een gerenoveerd pand, een instituut voor wetenschappelijk onderzoek kreeg een jaarlijkse toelage die het volkomen onafhankelijk maakte. Een toevluchtsoord voor vrouwen werd uitgebreid en voorzien van alle comfort. Steeds vermeldde Laurence daarbij uitdrukkelijk de naam van haar man als opdrachtgever, financier of mecenas. Het was zijn naam die ze liet beitelen bij een eerstesteenlegging, naar hem liet ze prijzen en fondsen vernoemen.

Geruime tijd al werkte Laurence aan een plan waardoor de naam van haar man als weldoener voorgoed in de geschiedenisboeken zou worden opgenomen. Op een dag bracht ze iemand mee naar La Casa die geen bloedverwant was, iemand die ze graag aan haar man wou voorstellen.

Zo doorbrak ze als eerste de zeer intieme kring in de instelling. De huisregels verboden het niet, maar iedereen vond het ongepast. Niemand had ooit overwogen de bezoekerskring uit te bereiden, omdat dat een deur kon openen voor nieuwsgierigheid. Sensatiezucht zou binnensluipen, vermomd als mededogen. La Casa zou een museum van levende curiosa worden.

Maar de heer die als eerste vreemde bezoeker in de instelling zijn opwachting maakte, liet een geweldige indruk na. De sereniteit die hij uitstraalde ruimde alle vooroordelen meteen uit de weg. Er werden zelfs namen genoemd van regelmatige bezoekers die slecht uit de vergelijking zouden komen. De heer droeg witte rozen in zijn arm, wat een krachtig beeld van respect en gevoeligheid opleverde. Iedereen had vernomen dat hij Laurence zou helpen om haar man onsterfelijk te maken. De vreemde bezoeker diende zo het meest nobele doel dat in deze instelling denkbaar was.

In het privévertrek stelde Laurence de heren officieel maar hartelijk aan elkaar voor. Haar man met zijn onmetelijke fortuin en de bezoeker met zijn ontdekking die de wereld zou veranderen. De witte rozen stonden op het ronde tafeltje tussen hen in. Met de zorgvuldige schikking in de prachtige Chinese vaas had Laurence het beeld van dit historische moment bepaald. Ze sprak voor haar man en liet daarbij haar hand op de zijne rusten wat de genodigde diep had ontroerd.

In La Casa kwam elke bezoeker binnen met een ander gevoel. Bij Laurence was het een liefde die niet kon stoppen en een verering die als enige mogelijkheid overbleef. De beroerte was als een bijl tussen haar en haar man gevallen. De avond ervoor hadden ze uren gepraat en gelachen, en gedronken op hun godenleven. De ochtend erna lag haar man naast haar als een lichaam. Alle verbindingen naar buiten waren verbroken, geen enkel signaal kon nog worden verstuurd of ontvangen. Het razendsnelle praten, begrijpen en repliceren waren als met een schakelaar uitgezet. De vernuftige humor, de intellectuele maar galante taalduels, de romantische woorden die zomaar kwamen, Laurence zou ze missen tot het ook bij haar voorgoed zou ophouden.

Het lichaam had maanden in coma gelegen, diep onder het bewustzijn. Specialisten hielden het in werking, maar de geest die erin woonde was ongrijpbaar geworden, een spook in een leeg huis. Niemand kon vermijden dat de man naar steeds lagere gebieden afdaalde. De reddingslijnen werden steeds dunner en brozer, tot ze helemaal loslieten. Hersendood, het woord had voor Laurence het geluid van een dichtslaande deur gehad. Het was de dood die voortijdig zijn intrek had genomen in een lichaam dat nog werkte. De pomp die het bloed voortstuwde en de blaasbalg die de longen vulde hadden schakelaars. Elke dag bezocht Laurence een lege man, die werkte op elektriciteit.

De laatste decennia waren systemen ontwikkeld die de hersendode beschermden tegen de gigantische legers onzichtbare organismen. De nieuwste methode kon een verdediging opwerpen die een gesloten schild vormde en de houdbaarheid van het lichaam met jaren verlengde. De oprichters van La Casa hadden hiermee de twijfel en de verwarring ten aanzien van deze gedaante van de dood gecommercialiseerd. De peperdure systemen die het lichaam onzichtbaar beschermden, hadden ze laten installeren in een omgeving van luxe en sereniteit. De investering was enorm geweest, net als het risico, maar de vooropgestelde terugverdientijd werd jaar na jaar korter.

Op instructies van de nabestaanden werden de bewoners in houdingen gezet die hen vroeger hadden getypeerd. Elke keer werden de bezoekers verrast door een andere houding, andere kleren en een andere plaats in de kamer. De koppelingen waarmee de bewoners met het systeem waren verbonden, werden altijd zorgvuldig verborgen, soms zelfs via discrete openingen in de kleren. Het lichaam bewoog niet, maar ademde en had de juiste temperatuur. Voor de bezoekers was daardoor de echte dood niet aanwezig, alleen maar een afgezant die moest worden gedoogd. Het was een unieke vorm van leven waarin de geliefde zich bevond, een schemerzone tussen twee werelden.

Ook Claudine trof haar man bij ieder bezoek in een elegante houding aan. Interieurstilisten plaatsen hem altijd met de juiste rekwisieten in een mooie belichting. Soms had ze het gevoel, een tableau vivant binnen te wandelen waarin elke beweging storend was. Als de assistent haar begeleidde of als Laurence een keer meekwam, betrad ze de kamer met opvallend respect. Met kalme gebaren en een zachte stem liet ze zichzelf dan één worden met de fraaie enscenering. Ze liep om haar man heen terwijl ze hem door de haren streelde en hem minzaam toesprak. Enkele stofjes, die de mensen van de plaatsing hadden gemist, plukte ze dan liefdevol van zijn kleren.

Maar als ze alleen was, liet ze alle respect vallen, laagje na laagje. Terwijl de man van Laurence in La Casa logeerde vanuit een onuitspreekbare liefde, had Claudine haar man om andere redenen een kamer gegeven. Voor Laurence kon liefde de enige mogelijkheid zijn om je man te behouden. Ze voelde zich daarom zo verbonden met Claudine, die volgens haar hetzelfde lot deelde. Omdat de dames elkaar pas in La Casa hadden ontmoet, kon Claudine haar huwelijksleven helemaal naar eigen wens uittekenen. Ze bedacht een romantisch verhaal, dat ze Laurence uitvoerig vertelde in het bijzijn van haar uitgestalde man.

Ze verving hun koude voorstelling, die aan het verstandshuwelijk was voorafgegaan, door een scene uit een damesroman. Haar man beschreef ze als een jonge wildebras met een leven zonder doel, die haar zijn overweldigende liefde had geschonken. Claudine genoot van het fabuleren met een glaasje port in de hand. Af en toe keek ze vertederd naar haar man, voor Laurence een ontroerend bewijs van oprechtheid.

Met een verlegen glimlachje vertelde Claudine over de heftige liefdesjaren na de sprookjesbruiloft, over zijn passie en zijn stoute humor. Onder uitvoerig beschreven galanterieën verborg ze zijn veelwijverij, die hun huwelijk onophoudelijk had besmeurd. Zoals een beroepsschrijfster haar bladzijden vult, vlot en overtuigend, zo vertelde Claudine haar leven zoals ze het had gedroomd. Het leek heel erg op de jongemeisjesfantasie die bij Laurence wel was uitgekomen.

Die schitterende façade was zo overtuigend opgetrokken dat het leek alsof de dames gelijklopende levens hadden gehad. Voor Laurence zat de man van Claudine erbij als een zwijgende getuige, die geen enkele leugen hoefde te weerleggen. De aanwezigheid van zijn lichaam leek op een vreemde manier de waarheid van het verhaal te garanderen.

De god die jarenlang de kwellingen had toegelaten, leek met het zware ongeval de knop dan toch te hebben omgedraaid. Hiermee werd het huwelijk van Claudine feitelijk beëindigd en hielden de ononderbroken vijandigheden op. De aanvaller was van binnenuit uitgeschakeld en daarmee ook zijn vernuftige strategieën. Voor Claudine veranderde het mijnenveld waar ze elke dag doorheen moest in een weide met strelend lentegras.

Omdat de vorm van de vijand er nog steeds was, betrad Claudine de eerste weken de ziekenhuiskamer met verhoogde hartslag. Maar de kans dat de geest in het lichaam zou terugkeren, nam bij elk volgend bezoek af. Voor Claudine was het een loterij waar elke week de kans op winst toenam. De overhandiging van de hoofdprijs kwam na een aantal maanden, toen de hoofdgeneesheer haar om een gesprek vroeg. Claudine kreeg te horen dat de kans op enige vorm van herstel niet langer bestond. De apparaten konden worden uitgeschakeld zonder juridische of morele bezwaren.

Het omzetten van drie schakelaars zou Claudine het weduwschap bezorgen. Graag had ze haar bewustzijn tot het maximum opgedreven en zelf de knoppen bediend. Maar ongeduld en enthousiasme zouden bijzonder onwelvoeglijk zijn geweest en daarom had ze bedenktijd gevraagd. Ze legde zich een twijfeltijd op die lang genoeg was voor de buitenwereld en kort genoeg voor zichzelf. Tijdens die dagen hoorde ze vertellen over La Casa. Ze vond de diensten die het instituut aanbood ronduit pervers, maar het beeld bleef wel in haar gedachten hangen.

Claudine begon zichzelf te zien als poortwachter van het hiernamaals. Met het omzetten van de drie schakelaars kon ze haar man binnenduwen en de poort voorgoed sluiten. Met een verblijf in La Casa zou ze de poort op een hele kleine kier laten. Het plotselinge bezoek van haar zoon bracht haar in één klap tot het besluit. De jongeman was een kopie van zijn vader en had zich jaren geleden van zijn moeder afgekeerd. Zo had de oude, actieve vijand een jonge, passieve bondgenoot gekregen. Het kwellen werd aangevuld met laten kwellen.

Het verbaasde Claudine dat er geen droefheid was om het nakende afscheid van de bondgenoot, geen verlatingsangst, geen woede om het ongeval. De jongeman stelde alleen maar vragen naar de erfenis, die hem helemaal alleen zou toekomen. Volgens een speciale constructie in de wilsbeschikking maakte het na te laten vermogen niet de gebruikelijke zijsprong naar de echtgenote, maar ging het recht naar beneden, naar de zoon. Het bondgenootschap bleek ook postuum te blijven bestaan. Opeens kwetste het Claudine en ze sprak over La Casa voordat ze het zelf goed en wel doorhad.

Als Claudine alleen was met haar elegant neergezette man, genoot ze op een vreemde manier van het samenzijn. Nadat ze in de tuin was geweest, schonk ze voor zichzelf een glas van zijn dure whisky in. Ze vertelde dan wat ze die week had gedaan, hoe goed ze het had gehad en hoe belangrijk zijn afwezigheid daarbij was geweest. Claudine wist dat de kans dat hij haar hoorde nauwelijks bestond, maar ze ging uit van een onwaarschijnlijke uitzondering. Tenslotte was niemand ooit uit de hersendood teruggekeerd met een verslag.

Dan maakte Claudine zijn hemd onderaan open en

priemde traag een balpen in zijn navel. Dat was voor hem als een naald onder zijn nagels, het zou hem knettergek hebben gemaakt. Met zijn broekriem trok ze de balpen stevig in het vleeskuiltje en liet ze daar zitten zolang haar bezoek duurde. Dan liet ze Stravinsky uit de verborgen luidsprekers komen, haar verboden lieveling. Zijn hele repertoire was voor Claudine als een kast vol haute patisserie. Iedere keer liet ze een deel van zijn werken horen zodat Laurence na een tijd meende dat het om een gedeelde passie ging.

Na het ongeval had Claudine ook een kat gekocht, die ze elke keer meebracht. Dieren zorgden bijna altijd voor een niet te verklaren verbinding tussen de bezoekers en de bewoners. Het meest geliefd waren de honden, hoewel die altijd even in de war waren door de apathie en de nieuwe geuren van hun baasjes. Op de tweede plaats kwamen de katten, die zich nestelden op de onbeweeglijke schoten en er hun warmte achterlieten. Laurence was altijd vertederd als ze de rosse kater op de schouder van de man zag liggen spinnen. Alleen wist ze niet dat hij katten hartgrondig had gehaat, dat hij ze had weggejaagd en geschopt. Zijn hel op maat zou vol zitten met katten.

Als Stravinsky voor die dag was uitgespeeld, las Claudine voor uit de sentimentele damesromans die ze thuis wat beschaamd in een gesloten kast bewaarde. Haar man had haar de lectuur verboden, zelfs als hij niet thuis was. Niet omdat het niveau literair onder het nulpunt zat, maar omdat hij wist dat de boekjes pijnstillers waren, zalfjes voor de geest. Elk boekje was een poortje naar dromenland dat hij gesloten wilde houden. Nu las Claudine luidop en met nadrukkelijke intonatie, alsof haar publiek uit hardhorigen bestond. Als ze goed op dreef was, leek het soms wel een hoorspel met stemacteurs. De nieuwste aanwinsten legde Claudine op zijn tafeltje naast de kristallen whiskykaraf.

Bij elk bezoek trok ze even zijn oogleden omhoog, zodat ze zijn vreemde blik kon bekijken. Ze zag dan werkende ogen die geen beelden meer opleverden, onderdelen van een ongestuurd lichaam, mogelijke wisselstukken voor noodgevallen elders. Toch trok ze in zijn blikveld altijd even een minachtend gezicht of stak ze haar tong uit als een kind. Ze hield zich voor dat haar man het kon zien, in een of andere wachtplaats halverwege. Wetenschappelijke zekerheden zette ze aan de kant voor het naïeve geloof dat haar bevredigde.

Net voor Claudine het bezoek beëindigde, haalde ze het flesje eau de cologne uit haar tas. Ze besprenkelde haar man dan uitvoerig en goot zijn snor er vol mee. Laurence meende dat het zijn favoriete geur was en bracht regelmatig een flesje van de krachtigste soort mee. Ze wist niet dat de geur hem had doen kokhalzen, iedere keer opnieuw, soms zelfs als hij het flesje alleen maar zag. Het was de geur van zijn hel.

Haar zoon was woedend en kwam niet op bezoek bij zijn fraai opgestelde bondgenoot. Elke maand werd een deel van zijn toekomstige erfenis naar de bankrekening van La Casa doorgesluisd. Het ongelooflijke bedrag maakte hem gek, geschokt had hij het aantal maanden berekend dat het levende lijk er kon doorbrengen tot er geen geld meer zou overblijven. De houdbaarheid van een hersendode was de laatste decennia onwaarschijnlijk toegenomen. Zijn vader boven de grond houden, zou dus heel zijn vermogen laten verdwijnen.

Claudine consulteerde de advocaat van La Casa, die

haar kosteloos uitlegde dat haar beslissing de juiste was en juridisch niet aanvechtbaar. Zolang haar man niet was overleden, was er geen sprake van een erfenis en kon Claudine het geld gebruiken om hem te laten verzorgen.

La Casa was een laagje bitterzoet over haar zure leven. Het was een smaakje dat ze zelf had bereid en dat soms heerlijk was, maar meestal flauw of kunstmatig als van goedkope snoepjes. Claudine wist dat ze ervan zou gaan walgen, waardoor steeds vaker een datum in haar hoofd bleef hangen, een dag van verlossing. Nog enkele maanden lagen tussen het nu en die dag.

Ze lichtte het instituut in om de afbouwprocedure te starten en ze schreef haar zoon een brief. Op de verjaardag van de koude voorstelling die aan het verstandshuwelijk was voorafgegaan, speelde Claudine nog één keer Stravinsky en haalde ze nog één keer de eau de cologne uit haar tas. Enkele uren daarna liet ze, administratief en juridisch helemaal in orde, de drie schakelaars omzetten.

BLOEDLIJN

Het hoge raam van de studeerkamer keek uit op het westelijk deel van de tuin. Daardoor stond de schrijftafel steeds in het avondlicht. De sombere ruimte had vele generaties een plaats geboden om over het leven na te denken. Een lambrisering van donker hout omsloot de mannen die er zich terugtrokken om moeilijke beslissingen te nemen of hun verdriet te verbergen. Steeds waren het de oudste zonen van de oudste zonen geweest die het indrukwekkende huis hadden bewoond. Geen vreemde had die rechte lijn ooit verbroken.

Voor elke gebeurtenis die om enige dramatiek vroeg, was de studeerkamer het decor geweest. Uitbranders klonken er harder en felicitaties plechtiger. Op de twaalfde verjaardag van elke oudste zoon vond in deze stille ruimte een overgangsritus plaats, die de familie zelf had bedacht. Het was geen fysieke test of medische ingreep en evenmin werd er een familiegeheim onthuld. Alleen een houten kistje zonder materiële waarde veranderde op dat moment van eigenaar.

De vader zat aan de schrijftafel en de zoon stond rechtop aan de andere kant, als een soldaat die geduldig wacht tot de officier hem aanspreekt. Voor het eerst in zijn leven kreeg de jongen toestemming om plaats te nemen op de bezoekersstoel. De kruik met sterke drank die in het midden van de tafel was klaargezet, moest duidelijk een indrukwekkend moment inleiden. De vader schroefde de dop los en schonk de kleine glaasjes vol. Hij deed het opzettelijk traag, zodat het gebaar zich in het geheugen van zijn zoon kon nestelen. Ondanks zijn weerzin voor de vurige drank, slaagde de jongen erin het goedje in één keer door te slikken zonder te hoesten. Daar was hij blij om en ook wel wat trots. Plechtig zette de vader een kistje op de tafel en liet de stilte nog even aanhouden.

'Dit kistje is het symbool van verbondenheid over de generaties heen. Jij bent de zevende Poortman op rij die het zal ontvangen. Ikzelf kreeg het van mijn vader, die het weer had gekregen van zijn vader, enzovoorts. Zo'n tweehonderd jaar geleden werd het gemaakt door Hendrik Poortman, die het voor het eerst aan zijn zoon schonk. Waarom hij het maakte, is niet bekend, dat deel van het verhaal is in de tijd verloren gegaan. Het kistje is op zich niet waardevol, het bestaat uit gewoon hout en is zelfs een aantal keer hersteld. Zoals je ziet is er geen duur inleghout of zeldzaam leer in verwerkt en het slotje is niet van edel metaal.'

De jongen zag hoe zijn vader bijna de tranen in de ogen kreeg. De man deed zijn best om zijn waardering voor dit magische voorwerp over te brengen, ook al wist hij dat zijn zoon nog wat te jong was om dit soort dingen aan te kunnen voelen.

'Laten we het samen bekijken,' zei hij. 'Het kistje is als een spons die de tijd heeft opgezogen en waar je in kunt knijpen om het verleden er zo weer uit te laten vloeien. Je ziet dat het vooral bestaat uit hout, afkomstig van bomen die het landschap van onze voorouders sierden. Kijk, hier zie je zevenentwintig piepkleine gaatjes dicht bij elkaar, ik heb ze geteld. Ze verraden de aanwezigheid van houtworm en bewijzen hoe kwetsbaar het materiaal wel is. Een expert zou je kunnen zeggen van welke boom dit hout afkomstig is en hoe oud het plankje is dat op maat werd gezaagd om dit kistje te maken. Zie je de hapering in de zaagsnede op de hoek? Je voorvader heeft zo zijn best gedaan en misschien gevloekt om zijn sukkelachtigheid. Perfectie is hier evenwel totaal onbelangrijk. Dit kistje is niet gemaakt door een vakman uit die tijd, maar door je bloedeigen overoverover-en-zo-verder-grootvader. Je ziet hier het resultaat van liefdevolle toewijding. Het is een gebruiksvoorwerp uit het dagelijks leven van de man die jou uiteindelijk heeft voortgebracht.'

De jongen luisterde in stilte, uit respect voor het moment, maar meer nog door de alcohol die hem een beetje had verdoofd. Hij trachtte het beeld op te roepen van Hendrik Poortman, een oude man die bij het warme licht van een olielamp in de weer was met zaag en hamer.

'En kijk,' ging de vader verder, 'kijk naar het hout, hoe het bevlekt is door de tijd. Hoe de geschonden vernis is bijgewerkt, hoe vocht zich in de vezels van de bodem heeft getrokken. Je kunt zien hoe het hout is beschadigd, het onregelmatige oppervlak heeft zijn eigen ontstaansgeschiedenis. Het kistje is gevallen, het heeft vastgeklemd gezeten tijdens een verhuizing, iemand heeft ermee gegooid tijdens een ruzie. Allemaal misschien natuurlijk, misschien, mogelijk en eventueel, want niemand weet het nog, de geschiedenis van zo'n kistje wordt niet opgetekend.'

De jongen staarde naar het oude voorwerp en vond vooral dat het stonk. Het was een vies oud bakje, dat hij voor geen goud van de straat zou oprapen. Het zweet van al zijn voorouders zat erin. Al die klamme handen hadden het vastgehad, vieze, ongewassen boerenhanden.

'Aan de achterkant is er een metalen roostertje in gezet,' zei de vader gewichtig. Hij liet het klinken alsof het om een belangrijke archeologische ontdekking ging. 'Het is helemaal verroest, maar dat is niet erg. Kijk vooral naar de fijne plantenmotieven, die zich tot een decoratief netwerk verweven. Ik vind dat het wat oosters aandoet. Hendrik Poortman heeft het zonder twijfel uit een ander voorwerp gehaald om het in zijn kistje te verwerken. De dingen hadden nog waarde in die tijd, alles werd hergebruikt. Net als de bekleding van de binnenkant trouwens.'

De vader draaide het deksel open en wees naar de rode stof die het hout binnenin bedekte. Het was duidelijk een nabootsing van dure juwelendoosjes waarin rood fluweel opbolde over een zachte vulling. Hier was het een lachwekkend lapje ruw textiel, dat voor een groot deel was verbleekt tot een grauw donkerroze.

'De stof heeft haar kleur duidelijk niet binnen in het kistje verloren,' lichtte de vader toe. 'Dat bewijst dat ze ooit ergens anders voor heeft gediend. Een tafelkleed, een rok, een gordijn, dat weten we natuurlijk niet. Zuinigheid en vlijt gingen toen hand in hand.'

'Ben je echt zeker dat het kistje zo oud is?' vroeg de jongen voorzichtig. De zevende Poortman was duidelijk minder nostalgisch dan de zesde. 'Tweehonderd jaar is zo'n lange tijd.'

De vader wist niet wat hij op dit ogenblik belangrijker vond: nostalgie of een kritische geest. Hij had gehoopt dat zijn zoon zou meegaan in deze afdaling in de tijd, dat hij zou begrijpen dat het bestaan van dit kistje de levens van zeven Poortmannen verbond. Zeven mensenlevens, waarvan er vier bedekt waren met aarde. Vier getuigen van wat nu alleen nog in geschiedenisboeken te vinden was.

'Kijk,' zei de vader, 'onder de rode stof is een stukje papier op de bodem van het kistje geplakt. Hendrik Poortman heeft er zijn naam op geschreven en een jaartal. Het is duidelijk een handschrift van lang geleden.'

'Toch niet echt een bewijs,' antwoordde de jongen moedig. 'Dat kun je namaken met een goed voorbeeld en wat oefening. En je kunt er een oud papiertje voor zoeken, dat is niet zo moeilijk.'

'En de houtworm dan?' verdedigde de vader zich, een beetje ontstemd. 'Die heeft tijd nodig om gangen te maken.'

'Een van mijn vrienden heeft voor een antiquair gewerkt. Hij moest houtworm nabootsen met een hamer en een heel fijn spijkertje. En hij mocht ook met kettingen op oude kasten slaan en ze overgieten met zuren. Het zijn de sporen van eeuwen, in een uurtje aangebracht. Glanzende scharnieren moest hij vervangen door verroeste en vastzetten met even roestige vijsjes. De antiquair had dozen vol met ijzerwerk die al jaren opzettelijk in de regen stonden. Onmiddellijk bruikbaar en zo oud als je ze maar noemen wilde.'

De vader begon zich te ergeren. Al die kille kennis van zijn knappe zoon ondermijnde zijn verhaal. 'Het kistje heeft alleen emotionele waarde en het gaat als geschenk over van vader op zoon. Wie zou nu belang hebben bij een vervalsing?'

'Opa misschien? Die maakt toch altijd grapjes. Je weet toch nog welke gekke herinnering hij vorig jaar had opgehaald? Helemaal verzonnen en iedereen geloofde het, zelfs jij.'

Dat was een vinger op een zere plek. Opa Poortman was inderdaad niet te vertrouwen als het ging om leuke leugentjes. Misschien had hij het kistje inderdaad gewoon ergens gevonden en het hele verhaal bedacht om zichzelf te amuseren. Opa kende de romantische geest van zijn zoon. Al dertig jaar lang binnenpret om een fantasietje, het was niet ondenkbaar.

De inwonende grootvader werd erbij gehaald en aan een verhoor onderworpen. De vader sprak zijn vader toe: 'Opa, wij hebben het verhaal van het familiekistje geanalyseerd en we zijn het erover eens dat het gaat om een doosje boordevol leugens. We hebben door dat het verhaal over de verbondenheid over zeven generaties heen niet ouder is dan mijn eigen twaalfde verjaardag en ontsproten aan jouw drang om mensen voor de gek te houden.' De vader liet het klinken als een officiële beschuldiging, vol minachting en medelijden tegelijk. Hij wou het doen uitkomen als een berisping voor een verjaarde kwajongensstreek.

De grootvader keek zijn zoon en kleinzoon gekwetst aan. Hij nam het kistje vol respect vast en legde er zijn rechterhand op. 'Zowaar ik Poortman heet, is dit kistje door zeven generaties Poortmannen beademd en betast. Ik heb met mijn fantasieën alle mensen beetgenomen die ik kon beetnemen, maar dit kistje draag ik in mijn hart. Het was mijn altaar in mijn stilste ogenblikken, het is het schrijn met de namen van onze vaders, met hun dromen, hun angsten en hun zonden.'

De vader nam een extra borrelglaasje uit de kast en schonk voor iedereen nog eens bij. 'Zou niemand uit het rijtje zich aan een vervalsing hebben gewaagd?' vroeg hij met enige schroom.

'Dat kunnen we natuurlijk nooit met zekerheid weten,' zei opa ernstig. 'Mijn eigen vader was een zakelijke man zonder fantasie. Geen denken aan dat die zich met zoiets zou hebben beziggehouden. Ik herinner me de ernst waarmee hij me het kistje overhandigde. En het verhaal dat hij toen over zijn eigen vader vertelde, deed ook niet denken aan grapjasserij. Ik zou durven denken dat het kistje echt is gemaakt door Hendrik Poortman. Welke vader gaat zijn zoon bedriegen met een voorwerp dat een bloedlijn garandeert?'

De glaasjes werden leeggedronken en de zaak werd gesloten. De drie Poortmannen waren overtuigd dat het kistje geen certificaat nodig had. De zes overdrachten moeten zo emotioneel beladen zijn geweest, dat ze konden gelden als bewijs van echtheid.

Hendrik Poortman was geen man van zijn tijd, hij was een zachtmoedige dromer. Een meningsverschil viel meestal in zijn nadeel uit, omdat hij begrip had voor de argumenten van de tegenpartij. Vrouwen beschouwde hij als gelijkwaardig en zijn eigen vrouw hoefde hem niet te dienen. Meestal zat de brave man te knutselen in een hokje in de tuin, waar hij een houten miniatuurwereld in elkaar timmerde.

De tijd die Hendrik doorbracht in zijn fantasie, besteedde zijn vrouw aan veelmannerij. Bij haar langs gaan was geen wapenfeit waarmee je in de kroeg op afgunst kon rekenen. De uitdaging was even klein als het risico. Om je op te werken in de rangorde van de stieren waren andere trofeeën nodig. Omdat haar grote gastvrijheid een publiek geheim was, praatte niemand erover. De vrouwen niet omdat ze de gevoelige Hendrik wilden ontzien, de mannen evenmin omdat ze de poort naar een gemakkelijke hemel wilden openhouden.

Toen ze de eerste kleine Poortman op de wereld zette, wist het hele dorp met zekerheid dat zijn familienaam het enige was wat het kind met Hendrik verbond.

De goede man zelf was zo overweldigd door het nieuwe leven dat hij een kistje maakte voor zijn vermeende nakomeling. Een tastbaar symbool van verbondenheid, dat hij hem over twaalf jaar kon overhandigen. Het moest de eerste schakel zijn van de keten die alle Poortmannen door de tijd heen zou verbinden.

EEN SOORT RECHTSPRAAK

De Verificateur keek geconcentreerd toe en vinkte met een ernstige blik de eerste regel op het officiële document aan. Hij zorgde ervoor dat hij waardigheid uitstraalde, zodat hij op één lijn stond met de Medisch Executeur die het eigenlijke werk deed. De achtenveertig opeenvolgende handelingen die deze chirurg diende te verrichten, hadden voor de Verificateur allemaal de administratieve waarde van één vinkje.

Tijdens zijn allereerste toezichtbeurt was hij een ogenblik onoplettend geweest en had hij naar het volgnummer van de handeling moeten vragen. De Medisch Executeur had hem beleefd glimlachend aangekeken, waarmee hij het verschil in positie had laten voelen. Oplettend aanvinken was dan wel een officieel mandaat, snijden in menselijk vlees was heel wat anders. De Verificateur zwoer zichzelf dat het nooit meer zou gebeuren. Hij was in dienst van de staat en wat hij deed stond in hoog aanzien bij iedereen die de wet respecteerde. Overal waar hij kwam, werd hij ontvangen met achting, soms zelfs met een lichte buiging. Iedereen sprak hem aan met zijn titel.

Hij droeg een zwaar en donker ambtsgewaad, dat steriel werd gemaakt in een kamer die hiervoor speciaal was gebouwd. Het masker dat hij net als de Medisch Executeur en zijn assistenten om hygiënische redenen voor zijn mond droeg, bestond uit dezelfde donkere stof en gaf hem een indrukwekkend voorkomen. De map die het officiële document beschermde, was bovendien gemaakt uit donker leer en binnenin bekleed met zwart fluweel. De donkere, rijzige Verificateur was een raaf tussen de lichtgeklede medische staf in de operatiekamer.

De verdoving was ingetreden en terwijl de Medisch Executeur de gevoelloosheid van het lichaam controleerde, keek de Verificateur hooghartig toe. Dit was een zeer belangrijk moment voor de rechtsgang. Het humane karakter van de ingreep was onbetwistbaar en in dit stadium niet minder dan drie vinkjes waard. De Medisch Executeur kneep met een speciale tang in de beide onderbenen van het Subject JVR38-12. Het uitblijven van elke reflex bewees de efficiëntie van de verdoving en leidde de eigenlijke ingreep in. Meteen daarna keek de Medisch Executeur met geveinsde ernst naar de lijst in de zwartleren map.

Met meerdere trage sneden haalde hij dan de huid rond de achillespees vakkundig open. Zijn assistent deed hetzelfde bij het andere been, maar met zichtbaar minder betrokkenheid. De Verificateur stond aan het voeteneind van de operatietafel, zodat hij alle stadia van de ingreep in perfecte symmetrie kon zien verlopen. De assistent leek een inspiratieloze imitator, die elke voorbeeldhandeling uitvoerde in spiegelbeeld.

De achillespezen werden blootgelegd en hier kreeg de Verificateur het altijd moeilijk. Iedere keer als de Medisch Executeur een verborgen onderdeel van het lichaam zichtbaar maakte, verstarde de toezichthouder. Telkens opnieuw bleek de gave, strakke huid niets meer dan een mooie overtrek, die een weerzinwekkende inhoud bijeenhield. De Verificateur had een techniek moeten ontwikkelen om hierbij het evenwicht te bewaren. Na veel oefenen was hij erin geslaagd het beeld voor zijn ogen te vervangen door dat van zichzelf, in zwart gewaad. Voor zijn geestesoog zag hij de rechterlijke macht met zijn eigen gezicht. Zijn ego zwol en zweefde boven het geopende lichaam, dat nu herleid werd tot een illustratie uit het strafwetboek.

De Medisch Executeur begon nu aan een ingreep die geen herstel toeliet. Met het juiste mes in de hand wachtte de imitator geduldig op zijn voorbeeld. De Verificateur sloeg het eerste blad in zijn map om en gaf met een hooghartig kuchje te verstaan dat hij wachtte om het volgende vakje aan te vinken. Met het voorgeschreven aantal bewegingen sneed de Medisch Executeur de achillespees door en de assistent deed hetzelfde aan zijn kant.

De meest cruciale stap was hiermee gezet en het resultaat was onomkeerbaar. Met een tang werd de doorgesneden pees vastgeklemd om er gemakkelijk een centimeter van weg te kunnen snijden. De Medisch Executeur nam met een pincet het stukje vast, dat hij demonstratief omhoogstak terwijl de Verificateur naarstig aanvinkte. Het stukje pees werd daarna ondergedompeld in een spoelmiddel om het bloed te verwijderen. Uiteindelijk kwam het terecht in een klein glazen potje met een bewaarvloeistof, samen met het stukje dat de assistent aan de andere kant had weggesneden.

Nu legde de Verificateur zijn map en pen voor de eerste keer neer en met een zelfbedacht ritueel verzegelde hij het dekseltje van het glazen potje. Het nummer van het Subject was op voorhand in het glas gegraveerd om fraude achteraf uit te sluiten. Hij stopte het potje in een kistje om het over te brengen naar de kelders van het justitiepaleis. Daar zou het een plaats krijgen op een rek tussen duizenden andere potjes met stukjes van criminele lichamen. Het zou er als fysiek bewijs van een zuivere rechtsgang vijf decennia worden bewaard, samen met het document van de Verificateur.

Subject JVR38-12 had een fantastisch leven. Hij bewees elke dag met trots dat hij de genen van een roofdier had. Overtreden regels waren zijn meesterstukken en vormden samen zijn palmares. Zijn leven was een wandeling met beslijkte laarzen door het witmarmeren paleis van de orde. Zo had hij het eens horen zeggen.

Subject JVR38-12 kende zelf alleen maar woorden die de zichtbare werkelijkheid weergaven. Taal was voor hem onhandelbaar, het was geluid uit een mond. Maar na vele verklaringen, uiteenzettingen en voorbeelden leerde hij de betekenis van het woord Lot. Het was in heel zijn leven het eerste abstracte begrip dat zijn aandacht had gekregen. Hij had het opgevangen in een gesprek waarvan hij niets had begrepen, tussen mensen die niet tot zijn wereld behoorden. Een zwerftocht door de stad had hem in hun nabijheid gebracht. Het was toeval in de zuiverste vorm: er was geen plan geweest, geen route, geen tijdschema, niets. Hij wás er gewoon, op de juiste plaats en op het goede moment.

'Je lot is de plattegrond van je leven, het logboek van je toekomst. Het is dat waar geen weg omheen loopt en wat zich buiten het machtsgebied van de mens bevindt.' Zo had hij het horen vertellen, waarna een vriend het hem met veel geduld woord voor woord had uitgelegd. JVR38-12 was trots toen hij eindelijk de betekenis begreep van een woord dat iets voorstelde wat hij niet kon betasten. Hij vond het indrukwekkend en vroeg zich af wat hij er in zijn leven mee kon doen.

Het antwoord kwam toen hij een oude man die hem voor de voeten liep een duw gaf. Een boodschappentas viel op de grond en een fles wijn spatte in scherven uiteen. Ontzet staarde de man naar de rode plas aan zijn voeten. 'Geen wijn vanavond!' blafte JVR38-12 hem in het gezicht. Hiermee werd hem opeens duidelijk dat hij iemands leven had gewijzigd, ook al was het maar door een kort oponthoud op straat en thuis geen wijn.

Voor het eerst in zijn leven ging JVR38-12 op een bank in het park zitten. Hij maakte in gedachten een lijst van alle vuile sporen die hij ooit door nette levens had getrokken. Een lijst van tergen in alle soorten, kwellen als liefhebberij.

De lijst had een mooie lengte, maar alles leek hem ineens zo alledaags, al met al niet meer dan wat duw- en trekwerk. Het was een opeenstapeling van klein gedoe, beschamend als een bouwwerk zonder architect. Wat ontbrak was een monument, een meesterwerk dat zijn bestaan zou bevestigen.

In één lange regel had hij zijn plan op de muur van zijn kamer geschreven. Dat vond hij indrukwekkend. Hij was begonnen naast de deur en geëindigd boven zijn bed. Meters kromme tekst met scheve lettervormen, samengehaakt tot een proefstuk voor cryptografen.

Net voor hij in slaap viel onder de gekraste woorden had hij zijn actieterrein bepaald. Het concertgebouw bood een ruime keuze aan eindeloos geoefende muzikale vingers. Elk individu dat er zijn schitterende bijdrage leverde, had duizenden uren moeizaam geoefend. Allemaal levens die hadden geïnvesteerd in twee handen, samen niet meer dan één kilogram vlees en beenderen. En voor JVR38-12 lag daar de opwinding: een verheven mens zat als een kuikentje aan zijn voeten.

Hij kocht een kaartje voor de eerste rij, zodat hij de hele verzameling nauwkeurig kon bekijken, alle kuikentjes bij elkaar. JVR38-12 zou twee uur lang rustig kunnen kiezen uit dit ruime aanbod. De muziek die het publiek in vervoering bracht, klonk op uit instrumenten die voor hem geen naam hadden. De keuze van zijn slachtoffer was niet gefundeerd, het was niet degene die de meest verfoeilijke klank voortbracht. Man of vrouw maakte geen verschil, schoonheid niet, leeftijd evenmin. Zijn persoonlijke willekeur zou een leven verlammen, de knuppel zat klaar in zijn jas.

Na het concert moest JVR38-12 de luide en opzichtige eerbetuiging mee doormaken. Het publiek bejubelde de muzikanten alsof ze de wereld hadden gered. Alleen hij wist dat het voor één van hen de laatste zege was, het slotapplaus. Hij haastte zich naar de uitgang en wachtte bij de juiste poort op de overwinnaars met hun muziekkoffers. Het individu van zijn keuze was evenwel ontsnapt. Het lot had hem beschermd, maar zorgde meteen ook weer voor een plaatsvervanger. Die sloeg echter al snel een drukke, fel verlichte straat in wat hem onbereikbaar maakte. Uiteindelijk zou de jager genoegen moeten nemen met de derde keuze. Het lot maakt rare sprongen en liet zich dus toch niet helemaal sturen. JVR38-12 volgde de man met de viool, die helemaal de juiste kant op ging, naar een donker en wat afgelegen bouwterrein. Dat werd rustig werken.

JVR38-12 genoot van het effect van zijn eerste duwtje, dat niet meer was dan een intro, een voorgerecht, zijn soort vraag om aandacht. De reactie van de violist was ingegeven door de rede, het was een blik die vroeg om een verklaring, een haast beleefde onthutsing. Bij de tweede duw kwam er een woordenstroom op gang, vele geluiden uit een bange mond. Na de slag met de knuppel voelde JVR38-12 de gloed van het genot door zijn lichaam trekken. Euforisch gaf hij de tweede slag, met het recht van de heerser die de slagkracht bepaalt en het lichaamsdeel kiest. Na vier heerlijke slagen met grote zwaaien waren de handen van de violist voor altijd onbruikbaar.

De veroorzaakte ravage kreeg een uitzonderlijke waarde omdat ze het gevolg was van een plan dat een hoger doel diende. JVR38-12 opende de vioolkist en haalde het instrument er opvallend voorzichtig uit. Hij legde het samen met de strijkstok in de vervormde handen, een theatraal gebaar dat hij ter plaatse had bedacht.

Zo had het zich in zijn gedachten voltrokken, zijn genotzuchtige spel met andermans lot. Maar dat lot had anders beslist. Al na de eerste duw had zijn lustobject zich in doodsangst op het lege terrein laten neervallen. De violist graaide wild in het droge zand en gooide het krijsend in het gezicht van zijn belager. Het was een beschamende vertoning, maar tegelijk ook de oudste wanhoopsdaad in de geschiedenis van het tweegevecht. Zand in de ogen was voor JVR38-12 beneden alle peil en daardoor ook volkomen onverwacht. Kinderlijk en hulpeloos wreef de kolos met beide handen in zijn ogen. Hij stampvoette en vloekte alsof dat het herstel kon versnellen, terwijl zijn prooi vluchtte met ongeschonden handen.

Een jong paartje, dat ook voor het bouwterrein had gekozen, legde een heldere getuigenverklaring af. Daardoor was de kwestie zo duidelijk en eenvoudig dat het proces binnen een week na de arrestatie volgde. De bewijskracht situeerde zich binnen Klasse 1, een even routineuze als saaie klus voor de beroepsjury. Het dossiernummer JVR38-12 zou zich niet in hun geheugen nestelen, het zou zelfs het dwalen van hun gedachten in de rechtbank nauwelijks onderbreken.

De Dader werd binnengebracht en nog voor hij had plaatsgenomen was de Lezer begonnen met het afratelen van de aanklacht. Deze was zo eenduidig dat een snelle analyse mogelijk was. Zonder veel overleg schoof de Jury het begrip Levensverlamming naar voren bij het beeld van de verbrijzelde handen van het Slachtoffer. Een ingreep in het ruggenmerg van de Dader kwam in aanmerking om het ontstane onrecht te herstellen. JVR38-12 schreeuwde dat het zo ver niet was gekomen, dat hij alleen maar een duw had gegeven, één maar. De inscriptie op de muur van zijn kamer werd nu door de Aanklager beschreven en woordelijk voorgelezen. Het begrip Bewijsbare Intentie, dat de straf voor betrachte feiten gelijkschakelde met die voor gepleegde feiten, werd aangevoerd en ontving voelbare goedkeuring.

De Raadsman hield evenwel een vurig pleidooi voor strafvermindering. Niet uit medeleven of juridische overtuiging, maar gewoon uit nieuwsgierigheid. De zaak was voor hem een vrijblijvende oefening waarmee hij zijn vaardigheid kon testen. JVR38-12 hoorde zijn Raadsman een leven beschrijven dat helemaal niet het zijne was. Hij had het over een sterk verstoord waardenbesef, over de afwezigheid van bakens en over stuurloosheid. Die eindeloze woordenstroom leidde uiteindelijk tot afzwakking van de straf.

De voorgestelde ingreep in het ruggenmerg werd omgezet in de Achillesverlamming. JVR38-12 had een schitterende Raadsman.

Na het voorlezen van het vonnis en de strafmaat, sprak de Rechter de gebruikelijke slotzinnen uit, zoals de wet hem opdroeg. Het waren krachtige woorden die absolute waarden onderstreepten. De Rechter, met grijze baard, eindigde steeds met de spreuk: 'Aanvaard uw lot'.

JVR38-12 kon zien dat hij dat zelf indrukwekkend vond.

CONIUM MACULATUM

Helena gruwde van vlees met vet. Ze zag dan altijd het dikke dier voor zich, waaruit het was gesneden. Daarom had ze het taaie stukje onder de tafel gegooid, zonder dat haar vader het had gemerkt. Haar hondje kauwde er lang en heftig op, maar werkte het toch kokhalzend weer naar buiten. Helena legde het stiekem naast haar bord om het na de maaltijd in de afvalemmer te gooien.

Haar vader meende dat het sappige stukje uit de serveerkom was gevallen en prikte het op zijn vork. De walging die Helena voelde toen de man het doorkwijlde vlees in zijn mond stak, veranderde onmiddellijk in een vreemd, zalig gevoel. De hele middag liep ze giechelend rond en bedacht ze nog meer speciale hapjes. Verrukt liet ze slachtafval door zijn oude slokdarm glijden, gemarineerd in lichaamsvocht. Daarna konijnenkeutels en tenenkaas. Helena's gedachten kwamen vanzelf uit bij heksenbrouwsels en uiteindelijk bij giftige planten. Ze haatte haar verwekker erger dan ze onder woorden kon brengen.

De volgende ochtend bracht Helena door in de woonkamer. Ze keek heel lang naar de muur met haar verzameling gedroogde kruiden, die ze ooit met grote tegenzin was begonnen. De aanleg en het onderhoud van een kruidentuin moest vermijden dat haar meisjesgedachten zouden gaan dwalen. Ze zou er vreugde en rust vinden in de eenvoud die de bron is van alle geluk. Zo had haar vader het haar voorgesteld, terwijl hij zelf geen tijm van munt kon onderscheiden. Om vragen te vermijden had hij haar meteen Het Grote Plantenboek cadeau gedaan. Nog liever had ze iedere dag de lange gang van het grote huis geboend, maar uit angst was ze toch maar begonnen met lezen en planten.

Door dagelijkse lectuur en toewijding floreerde haar tuintje zoals het in de mooiste boeken werd beschreven. Met een marge van enkele dagen kon ze voorspellen wanneer de kleine bloempjes van het duizendblad tevoorschijn kwamen en wanneer men het beste sint-janskruid kon knippen. Ze kon de planten nauwkeurig benoemen en van vele kon ze zelfs de lange Latijnse namen onthouden.

Helena bekeek nu haar verzameling aan de muur en voelde de magie van dit moment. Drie jaar geleden, zo bedacht ze, had haar verwekker haar gedwongen zijn eigen dood voor te bereiden, met natuurlijke producten.

De reeks kaders met gedroogde kruiden werd opeens een catalogus van aroma en vergif. Sommige plantjes konden overvloedig in de keuken worden gebruikt en andere zuinig in de apotheek. Helena kon dat onderscheid in één oogopslag maken en selecteerde de gevaarlijke planten die in de buurt te vinden waren. Zo bekeek ze eerst de giftige goudenregen uit hun eigen tuin, die takken had met de verleidelijke smaak van zoethout. Ze zou hem eenvoudig kunnen bereiden als extra ingrediënt voor de saus die alleen werd genuttigd door de heer des huizes. Met kriebels in haar buik zag ze hem de brij overvloedig over zijn eten gieten en schrokkerig naar binnen werken. Maar de smaakverandering zou ze nooit kunnen verdoezelen en variaties op zijn heilige saus zou hij agressief afkeuren.

Daarna dacht ze aan het stinkende medicijn dat hij iedere morgen innam, het wondermiddel tegen al zijn ingebeelde aandoeningen. De smaak was zo weerzinwekkend dat hij eerst een groot glas water klaarzette voor hij de drie volle soeplepels doorslikte. Aan dit drankje kon ze om het even wat toevoegen.

Helena twijfelde evenwel aan de kracht van de goudenregen. De lichamelijke klachten na inname werden uitvoerig beschreven en waren best indrukwekkend, maar echt tevreden was ze er niet mee. Het zou hoogstwaarschijnlijk gewoon uitdraaien op wat braken en een dagje bed houden. Ze wou een resultaat met garantie en las aandachtig in haar zware Grote Plantenboek. In het hoofdstuk Nachtschadefamilie vond ze naast de aardappel en de tomaat gek genoeg ook de giftigste planten die er bestonden. De grootste kracht werd toegeschreven aan de doornappel, die zich met zijn naam *Datura Stramonium* als een adellijke bondgenoot voordeed.

De plant vereiste geen ingewikkelde bewerkingen om zijn kracht te ontketenen. De fijngemalen zaden konden simpelweg worden ingenomen met wat water, meer hield het niet in. Alleen kon de actieve stof verschillen van plant tot plant. Vijftien zaden konden je doen zweten en hallucineren en rode stippen voor je ogen laten dansen. Maar met evenveel zaden van een andere plant was je alleen maar ziek. De natuur liet zich niet berekenen. De ene overdosis bracht je naar het gekkenhuis, de andere naar het lijkenhuis.

Geobsedeerd bladerde Helena het hele boek door, op zoek naar het allerbeste ingrediënt. Het menu dat ze zou bereiden, bestond tenslotte maar uit één gang: de hoofdschotel.

Ze las diagonaal over de pagina's, hopend op een alles overtreffend geschenk. De kracht van de natuur bleek even indrukwekkend als haar aanbod, het was genot en gruwel uit dezelfde winkel. Naast vruchten in uiteenlopende kleuren, vormen en smaken bood de natuur geneeskracht voor alle denkbare klachten en dus ook een uitgebreid gifgamma.

Ongeveer halverwege het zware naslagwerk vond Helena haar duivelskruid. *Conium Maculatum* werd indrukwekkend omschreven als extreem giftig. Het stond er zo zwart op wit. 'De plant bevat een stof die de werking van het centrale zenuwstelsel beïnvloedt en de skeletspieren verlamt. De dood is onafwendbaar als na enkele uren ook de ademhalingsspieren uitvallen.'

Helena staarde naar de naam van de stof. Coniine. Ze stond te boek als geliefd zelfmoordmiddel en was ooit zelfs het officiële gif voor terechtstellingen. Als ze het hardop las, klonk het een beetje als koningin. Een koningin zonder genade, want er bestond geen tegengif.

Helena concentreerde zich nu op de fijne gravures naast de tekst. De plant was heel nauwkeurig weergegeven, met aparte afbeeldingen voor de geveerde bladeren en de schermvormige bloemen. In een bijschrift waarschuwde de auteur voor gelijkenissen met kervel en berenklauw en gaf hij de raad alle afbeeldingen met elkaar te vergelijken. Verderop stond een gedetailleerde lijst met de vindplaatsen, die Helena in gedachten vergeleek met de ruime omgeving.

Dezelfde dag nog vroeg ze haar vader nederig toestemming om lange wandelingen te maken in de buurt. Ze drukte de diepe wens uit, haar verzameling planten aan te vullen met enkele zeldzame kruiden die ze hoopte in het wild te kunnen vinden. Met een gebaar dat grootmoedigheid moest voorstellen gaf haar verwekker zijn toestemming en zakte daarop zelfvoldaan dieper weg in zijn fauteuil.

Helena verdeelde de omgeving in sectoren en rekende twee uur per wandeling. Eerst ging ze naar het oude klooster, dat midden in het grasland stond. Volgens sommige bronnen vond men de gevlekte scheerling, zoals *Conium Maculatum* ook werd genoemd, steevast rond kloostermuren. Aftreksels van de plant verminderden de vleselijke lusten van de kloosterlingen, die zo hun aandacht weer op de hemel konden richten. Zo stond het in Het Grote Plantenboek. Maar bij dit klooster was de toverplant niet te vinden.

Pas na acht dagen en een aanzienlijke uitbreiding van het zoekgebied, vond Helena de drager van het gif. Meteen herkende ze het beeld van de gravure in de reusachtige plant langs de berm. Het meisje bekeek haar levensgevaarlijke bondgenoot langdurig en van dichtbij. Omdat hij volledig giftig was, de bladeren zowel als de zaden en de wortels, leek hij meer dan een plant: hij was een individu, zo groot als zijzelf. Met handschoenen aan knipte ze de bladeren af en stopte ze meteen in een zak. Moeizaam groef ze ook een aantal wortels uit met het schepje dat ze had meegebracht. Het liefst van al wou ze de hele plant meenemen en uitpersen om zich te verzekeren van een reusachtige overdosis. Ze grinnikte omdat hij zo dicht stond bij het kerkhof, een vindplaats uit het lijstje en een profetisch toeval.

Om het succes van de wandelingen te bewijzen, nam ze enkele willekeurige plantjes mee. Ze legde ze met de kluit boven op de stukken scheerling, die zo een bedje werden voor veilig transport. Thuis wandelde ze snel naar de oude serre, haar toevluchtsoord, waar de geur van aarde en planten haar rustig maakte en waar de warmte haar huid streelde.

Helena deed haar handschoenen weer aan en knipte haar oogst in heel kleine stukjes. Die wikkelde ze meteen in een vochtige theedoek om ze tegen uitdrogen te beschermen. Uit de keuken smokkelde ze de knoflookpers, die ze enkele dagen daarvoor had getest. Het simpele instrument bleek bijzonder doeltreffend om het sap uit de plant te krijgen. Moeiteloos perste ze het dodelijke vocht uit de bladeren op een glazen schaaltje, tot er alleen een groene moes overbleef. Ze glimlachte om de veel te grote hoeveelheid bladeren die ze had verzameld. Net als bij een teentje knoflook leverden de wortels een gelige smurrie op, die ze niet kon gebruiken. Dat was een teleurstelling, omdat de wortels volgens het boek de meeste coniine bevatten.

Ze had gelezen dat één gram van de stof een mens kon doden. Of de hoeveelheid sap van haar persing hiervoor volstond, kon ze onmogelijk weten, ze moest er maar van uitgaan. Helena goot het gif in een glazen flesje, dat ze zorgvuldig afsloot en daarna langdurig bekeek. Tegen het zonlicht leek het groenige sap een schitterende, vloeibare edelsteen. Het verwonderde haar dat het net zo dodelijk was als een geweerschot.

's Middags was ze even alleen thuis, zodat ze in alle rust kon werken. De inhoud van de medicijnfles goot ze voor een derde weg en vulde ze weer bij met haar vloeibare *Conium Maculatum*. Het mengsel bleek mooi gelijkmatig en de geur nog altijd even walgelijk. Opgelucht zette ze de fles terug op het rekje boven het aanrecht, met het etiket perfect naar voren, zoals altijd.

Helena's verwekker ging heen als een vorst. Zijn sterfbed leek op een troon en de weinige rouwenden kwamen als onderdanen. De dode zat rechtop tegen brokaten kussens en de lakens die tot aan zijn middel reikten, waren afgezet met echte kant. Aan weerszijden van het bed stonden hoge kaarsen op een monumentale standaard. Zonder twijfel had hij dit jaren geleden zelf zo laten optekenen. Het licht van de lamp achter het bed omgaf zijn hoofd als een stralenkrans, waardoor zijn ego zelfs in het dode lichaam nog leek stand te houden. Maar voor Helena was hij nu een beeld, een versteende kopie van Koning Kwaad, in wiens miniatuurstaat ze heel haar leven had gewoond.

De dochter had dit innig gewenst en haar droom was uitgekomen. Alleen had ze zich verbaasd over de razendsnelle werking van de uitgeperste gifplant. Met de tweede soeplepel nog in zijn mond had de verwekker naar zijn borst gegrepen. Hij was met een haast dierlijk geluid op de keukenvloer neergevallen, waar hij na enige tijd roerloos was blijven liggen. Als een natuurkundige had Helena alles geobserveerd. Ze had gestaard naar de grimassen en het kronkelen en naar de huidskleur die leek te veranderen. Na de laatste spiertrekkingen had ze nog geruime tijd gewacht en gevreesd voor een onverwacht herstel. Onzeker had ze met haar voet tegen de zijkant van het lichaam geduwd, zoals ze ooit angstig had gedaan bij een dode rat.

Meteen had Helena een vreemd soort vreugde gevoeld, even ongepast als intens. Het was een gevoel van overwinning, dat ze had willen uiten om gelukwensen in ontvangst te nemen, om erkend te worden. Ze zat met een brandende trots, die ze moest verbergen achter de sluier van de rouw.

Maar de dokter had met volkomen zekerheid gesproken

van een slagaderbreuk. Iets wat om het even wie, om het even wanneer kon overkomen. Het was de vingerknip die het leven kan beëindigen. Dat had Helena erg verward.

JULES

Voor hij de ogen sloot, zag Jules het gezicht van een oud dametje. Hij zag onmacht en wanhoop en vooral een grote bezorgdheid. Zijn lichaam had hem op de knieën gedwongen, letterlijk, en midden op het voetpad. Enkele mensen waren langs hem heen gelopen. Ze voelden zich niet verantwoordelijk voor het leven van een oude man op zijn knieen. Of ze verschansten zich achter hun twijfel, of hun smetvrees. Onweerlegbare redenen hadden ze, haast juridisch onderbouwd.

Alleen de oude dame had zich voorovergebogen. Ze had geen enkele medische kennis, alleen medeleven. Toen Jules was gaan liggen, kwam ze naast hem zitten, de kwetsbare huid rond haar knieschijven op het beton. Uit zenuwachtigheid zei ze wat onzinnige dingen, woorden omwille van hun zachtheid. Ze wist dat ze de eerste hulp was en misschien ook de laatste.

Jules had het gevoel dat alle beelden die in zijn hoofd werden bewaard, samen naar voren kwamen. Ze leken geprojecteerd te worden in de witte ruimte van zijn geest, als overbelichte foto's. En het oude gezicht van de onbekende dame vloeide er zacht doorheen.

Zo zou het dus eindigen.

Jules zag zichzelf als kleine jongen aan de hand van zijn moeder. Ze liepen samen door de weide achter het hoge huis waar ze woonden. Het gras was bleekgrijs en de lucht donker, met de grauwe tint van het huis ertussenin. Ook de kleren van zijn moeder waren kleurloos en haar gezicht was zo goed als wit. De zon wierp de harde schaduwen van de bomen op het erf dat grensde aan de weide. Hun eigen schaduwen leken diepzwarte kuilen die voor hen uit schoven. Jules was bang om erin te vallen en zijn moeder lachte. Een oude dame zat geknield op het erf en opende haar armen om hem te omhelzen.

Op het erf sleepte een man met naakt bovenlichaam zich voort, voorovergebogen door het gewicht van zijn reusachtige stierenkop. Bij het zien van het jongetje kwam een hees geluid uit zijn muil, samen met een zwarte tong. De kleine Jules kromp zover ineen tot de keien aan zijn voeten manshoge rotsen waren. Hij liet zich bang wegglijden in de greppel die het erf in tweeën deelde. Die leek nu op een lange, rechte loopgraaf, met een modderbodem die hem tot aan zijn enkels vastzoog. Het was een vluchtweg naar de open weide, weg van het erf met de zwartgetongde stierenman.

De loopgraaf liep uit op een doolhof van hoog omwalde modderpaden met diepe plassen en wrakhout. De angst voor het onzichtbare achter iedere afslag dwong het jongetje op de knieën, zodat hij kruipend tegen de gangwanden verder moest. Bij elke volgende splitsing legde hij zijn hoofd tegen de grond en gluurde bang achter de wand. Het zuigen van de modder aan zijn schoenen was het enige geluid dat er te horen was.

Hij kroop verder als een angstig dier dat zijn moeder zocht in een veld vol roofdieren. Het slijk was in zijn kleren getrokken en had de gaatjes van de kanten boordjes aan zijn mouwen gevuld. Het waren de kleertjes van zijn oudere zusje geweest en ze voelden als schaamte die zijn lijfje bedekte. Een stuk wrakhout scheurde nu zijn broek en drong zijn knie binnen. De scheur in de afgedragen broek gaf hem een schuldgevoel dat de pijnscheut verdoofde. Het bloed uit zijn knie liep zwart uit het textiel van zijn zusje.

In de modder lag een metalen plaat met sierlijk gegraveerde krullen. Het zwarte bloed liep eroverheen en vulde traag de groeven in het metaal. Het leek wat op een invasie in een doolhof, gezien vanaf grote hoogte. Jules veegde het zwart weg met de rug van zijn hand, zodat de plaat weer glansde en het bloed de scherpe tekening van de diepe gravure verduidelijkte. De sierlijke initialen van zijn gesneuvelde grootvader lagen nu zwart op zilver in de grijze modder. De jongen trok de plaat uit de zuigende bodem en zag dat het een reuzegroot zakhorloge was, dat met een zware ketting aan een stuk wrakhout vasthing.

In de wand van de loopgraaf zat een fraaie deur van glanzend hardhout met koperen beslag. Jules duwde ze open en stond bovenaan in de duisternis van een aula. Hij keek neer op de lagere verdiepingen, die telkens meer verlicht waren. Helemaal beneden stond een tafel die baadde in het felle licht van gaslampen. Alle aanwezigen draaiden zich naar hem toe en stonden op. Een indrukwekkende stilte golfde door de zaal terwijl Jules de trappen afging. Beneden nam een assistent het witte laken van het lichaam op de tafel weg. Met de glanzende zaag die hem werd aangereikt, zaagde Jules de behaarde kop van het lichaam af, terwijl de assistent met beide handen de horens stevig vasthield. Het grijze publiek applaudisseerde luid toen de afgezaagde kop omhoog werd gehouden. Uit de muil hing een zwarte tong, lang en slap. Dokter Jules ondertekende het document dat de oude dame naast de assistent hem aanreikte en verliet het anatomisch amfitheater zonder om te kijken.

Hij liep nu door een distelveld. Zijn zesde verjaardag was armoedig gevierd, met vijf kaarsjes. De woorden van het feestliedje werden toonloos uitgesproken en het kroontje op zijn hoofd was gekreukt door alle voorgaande verjaardagen. Zijn grijze beentjes werden volgekrast door de distels, die vreemd oplichtten tegen de donkere hemel. Jules stond alleen in het oneindige, kleurloze veld, als de naald van een zonnewijzer.

Thuis was een grote vis neergelegd in de arduinen gootsteen van de keuken. Hij was pas gevangen door de buurman en meegebracht als geschenk. De kleine Jules bekeek de glinsterende schubben van heel dichtbij, nadat hij zijn eerste afschuw had overwonnen. Hij hield wel zijn handen voor zijn gezicht, omdat hij bang was dat de vis ineens zou opspringen. De kop bewoog nog, zodat Jules niet wist hoeveel leven er nog binnenin zat. In perfecte regelmaat gingen de kieuwen open en dicht, alsof ze het vocht uit de lucht probeerden te zuigen. In een opwelling van medelijden draaide Jules de kraan open, zodat de kop heftig werd overspoeld. Het water gutste langdurig over het lichaam, maar bracht het leven niet terug. De mond hapte dus naar niets en het jongetje voelde zich bedrogen in zijn medelijden.

Jules woonde in een ruïne in een zonovergoten zuiden. De overblijfselen van het kleine kasteel verborgen een labyrintische onderkeldering. De enige toegang had hijzelf voor anderen onvindbaar gemaakt. Het was zijn tempel, waar hij de absolute eenzaamheid aanbad. Uren achtereen zat hij in de kluis die ooit in de meest afgelegen keldergangen was gebouwd. Het metselwerk omsloot zijn lichaam als een kist die nauwelijks beweging toeliet. Jules staarde dan naar de felle lichtvlek die werd gevormd door een gat, hoog in de muur. Die hypnotiseerde hem en bleef hangen in het midden van zijn blikveld.

De oude Jules was een grijze hond met een kolossaal lijf, die door een zwakzinnig echtpaar was geadopteerd. Hij moest hen de hele tijd gezelschap houden en 's nachts het huis met de overwoekerde tuin bewaken. De vrouw had hem een zilveren halsband omgedaan waarin kleine lichtjes aanflitsten bij elke stap die hij zette. Van de man kreeg hij bier, zodat hij overal tegenaan liep en de halsband extra lichtflitsen gaf. Voor het spoor van braaksel dat hij dan achterliet, gaf de vrouw hem harde schoppen, waardoor de halsband de hele kamer verlichtte.

Het beeld van de logge, lichtgevende hond was de laatste projectie in de witte ruimte van zijn geest. Jules gaf zich op het voetpad rustig over naarmate de vacht dichterbij kwam en het beeld helemaal grijs werd. De halsband vloeide erin uit als een edele vloeistof en legde een glans over de haren. De scherpe lichtjes werden donziger en het flikkeren begon te vertragen. Er kwam geen einde aan.

VATEN

De oude vatenmakerij had naast de kleine werkruimte een opslagplaats die was volgestouwd met afgewerkte vaten. Het was een hoog magazijn, met rekken uit zware balken ongeschaafd hout. Op de kop van elk rek hing een inventaris die honderd jaar oud leek en al lang niet meer weergaf wat er te vinden was. Boven elk blad hing een zuinige lamp die de oude tabellen verlichtte, maar de opslagplaats verder in een schemerduister liet. De verschillende verkleuringen van de duigen wezen op een slecht voorraadbeheer, net als de lagen stof die ze bedekten. Aan het plafond waren rails gemonteerd, waarop wieltjes liepen die kettingen tot bij elk rek konden brengen. Met gemak werden hiermee zware vaten tot op de hoogste bergplaats getakeld.

Voor de drie mannen die er werkten, was het al enkele jaren duidelijk dat het bedrijf op sterven na dood was. Meer dan een eeuw was het in handen geweest van dezelfde familie en elke zoon die het van zijn vader overnam, had het verder uitgebouwd. De huidige eigenaar was evenwel door drank en beginnende dementie afgegleden naar wanbeheer. De kinderloze man wou niet tussen de vaten sterven en had daarom alsnog een nieuwe beheerder aangeworven.

Het was een vrij jonge man met een bleke huid en een minzame blik. In de opslagplaats was hij op een naïeve manier onder de indruk gekomen van de honderden vaten, die hij onmiddellijk wou inventariseren en herschikken.

Hij stelde zich voor aan de drie werkmannen, die zijn hartelijkheid lieten botsen op een muur van stilte. Ze stonden op een rij als een drieling die met tegenzin door een dokter moest worden gekeurd. Toen de nieuwe chef zijn naam uitsprak, Emile Verplancke, staarden ze naar de rijen vaten achter hem, zonder hun eigen namen te noemen. Een van hen herhaalde de naam van de chef alsof het een vraag was, waarop de twee anderen hem dwaas aankeken.

Emile glimlachte en redde zich zo goed mogelijk uit de situatie. In zijn kantoortje ging hij rommelen in de stapels papieren die samen de hele geschiedenis van het bedrijfje leken te vormen. Terwijl de drieling door het venstertje naar binnen keek, veinsde Emile een grote beroepsernst. Hij wist dat het moeilijk zou worden, een afgelegen, noodlijdend bedrijfje te redden van een bijna voltooide ondergang. Het gebouw was haast industrieel erfgoed en het driekoppig personeel leek het resultaat van eindeloze inteelt. De eigenaar was op een onbekende plaats zijn leven gaan afsluiten en had Emile de sleutel van de vatenmakerij gegeven en meteen ook die van haar toekomst.

De eerste dagen bracht Emile door met alles te bekijken. De sleutelbos die hij in een lade had gevonden, verschafte hem bijna overal toegang. Dit gaf hem ondanks zijn bescheiden natuur toch een gevoel van belangrijkheid. Alle deuren in het gebouw kreeg hij open, op een na. Hij schudde zijn hoofd, uit ergernis, maar evengoed omdat hij niet anders had verwacht. Een sleutelbos van een groot gebouw liet altijd één ruimte ontoegankelijk. Meestal in griezelverhalen met een onwaarschijnlijk einde, bedacht hij.

In een mapje vond hij een blad dat moest doorgaan voor personeelsadministratie. De drie namen waren zo'n tien jaar geleden gelijktijdig ingeschreven. Op de oudere bladen stonden veel namen en data, die zorgvuldig met een liniaal waren doorgestreept, wat erop wees dat het bedrijfje toen een duivenhok moest zijn geweest. Sinds de drieling was aangeworven, had er dus volkomen stabiliteit geheerst. Niemand was vertrokken, niemand was erbij gekomen. Emile was de chef geworden van een versmolten eenheid, een wezen met drie koppen, zes armen en in zeker opzicht één brein.

Hij bedacht een karweitje en riep de eerste van de drie namen. De hele ploeg keek hem ongelovig aan, alsof hij een toverwoord had uitgesproken. Ze schenen niet te begrijpen hoe hij die naam te weten was gekomen. Het duurde even voor een van hen uit het groepje trad en op Emile toestapte. Dit was dus de voornaam met de A. De chef noemde de tweede naam en omschreef weer een taak. De man wiens naam met een B begon, zette zich aan het werk. De overblijver kreeg de derde taak en Emile vond het jammer dat zijn naam met een G begon en niet met een C. Maar meteen bedacht hij de oplossing: alfa, bèta en gamma, en hij grinnikte. De drie keken hem weer samen aan, maar nu geërgerd.

Emile wist dat hij zich niet kon permitteren ook maar één stap in de richting van de mannen te zetten. Het zou voor hen een toenadering uit zwakte betekenen, de uitgestoken hand van de drenkeling. De chef zou zijn personeel niets kunnen vragen, hij zou alles op slinkse wijze moeten uitvissen, zoals hij met de namen had gedaan. Overdag liep hij door het gebouw met een klembord in de hand. De volgeschreven bladen, waarop hij regelmatig wat aanvulde, verborgen zijn huidige gebrek aan inzicht. Hij zorgde ervoor dat de kleine opdrachten die hij gaf niets van zijn onwetendheid verraadden. Het personeel moest beziggehouden worden, zodat hij de tijd had om na te denken. Emile oefende zichzelf in het tonen van kalmte en vastberadenheid.

'S Avonds, als de drie naar huis waren, bestudeerde hij alle documenten die hij in het kantoortje vond. Er lagen leveringsbonnen van hout voor de duigen, sukkelachtige boekhoudkundige toelichtingen, boodschappenlijstjes voor producten waarvan sommige allang niet meer verkrijgbaar waren en zelfs een kladje van een liefdesbrief. Van achterstallige betalingen was gelukkig geen spoor. Een zeer recente brief van de bank bevestigde zelfs de aanzuivering van alle tekorten die het bedrijf de afgelopen jaren hadden doen wankelen. De eigenaar had zijn schip dus toch in waardigheid verlaten.

Na enkele dagen liet hij alfa buiten een vuur aanmaken in een afgekeurd vat. Bèta en gamma werd opgedragen om de gehele inhoud van het kantoor erin te kieperen. Alle drie waren ze ontzet en vroegen of dit het einde van de vatenmakerij was. In plaats van te antwoorden herhaalde Emile zijn opdracht met dezelfde woorden. Hij voegde er met een glimlach aan toe dat ze de meubelen mochten laten staan. Alle vier begrepen ze dat dit het begin was van een machtsstrijd. Toen alle papieren opgebrand waren, vatte ook het vat vlam. De enige drie documenten die nog belang hadden voor het bedrijf, bewaarde Emile in zijn binnenzak.

Daarop nam de chef de drie mee naar de deur zonder sleutel en droeg bèta op, in het materialenhok een koevoet te halen. De vraag naar het waarom werd niet meer gesteld. Bèta kwam terug met lege handen en zei dat ze geen koevoet hadden. 'We hebben zelfs twee koevoeten,' zei Emile, 'waarvan er zonet nog een in het materialenhok lag. Gelukkig heb ik er zelf ook een bewaard. Hij staat in de hoek achter de poort.'

De drie stonden verslagen te kijken naar de stalen stang die tevoorschijn werd gehaald. Terwijl hij tergend lang wachtte, bekeek Emile hen een voor een met opgetrokken wenkbrauwen. De arbeiders deden alsof ze het bevel niet hadden begrepen en deden helemaal niets.

'Ongehoorzaamheid,' zei Emile traag. Zonder de dwaze blikken af te wachten sprak hij het woord nog eens uit, nog iets trager dan de eerste keer. De drie begrepen dat het woord iets als een laatste kans betekende en het was alfa die de koevoet vastnam. Van de anderen kwam geen bezwaar, ze waren één. Alfa plaatste de stang net boven het slot en forceerde het zonder moeite. Bèta rukte de deur open, zodat de overgave nog iets van minachting meekreeg. Emile keek naar binnen in een kleine ruimte waarin een tafel en drie stoelen stonden. Tegen de muur achteraan was een groot vat neergezet dat was opengezaagd en omgebouwd tot barkast. Op een plank die uit het vat stak, vormden drie glazen een rituele driehoek. Een zuiphok. Zo ontgoochelend kon een geheime ruimte zijn. Gamma trachtte nog een verwonderd gezicht te zetten, maar werd meteen ontmoedigd door de anderen.

Op bevel van Emile werden de flessen ontkurkt en leeggegoten. Bij elke laatste druppel veinsde de chef een zucht van spijt, wat voor de drie een zet in de machtsstrijd betekende. Emile liet de arbeiders achter bij de gootsteen en wandelde kalm naar zijn opgeruimde kantoortje.

De dagen die volgden hield de chef het rustig. Hij liet de drie hun werk doen zoals ze dat al jaren uit zichzelf deden, zonder al te veel leiding. Zelf trachtte hij na te denken over een beleid dat de verre eigenaar zou verbazen en meteen zou bijdragen tot zijn eigen succes. Maar de drie-eenheid tekende zich telkens weer af op het papier waarop hij zijn berekeningen neerschreef. Het meerkoppige wezen gleed mee met Emiles blik over het aantekenboek, de losse bladen en het voorlopige voorraadregister dat hij de vorige dagen had gemaakt.

Omdat hij in het kleine dorp in de buurt niet kon overnachten en de stad te ver vond, maakte Emile zijn slaapkamer boven de werkruimte. Hij had er een gedemonteerd ziekenhuisbed gevonden, waarbij hij zichzelf een aantal onbeantwoordbare vragen had gesteld. De metalen onderdelen waren gelakt in het typische wit van ziekenhuismeubilair, lichtjes vergeeld door de tijd. Omdat hij op de matras geen vlekken of geurtjes had bespeurd, had hij er genoegen mee genomen. In de oude bureaukast die er stond, legde hij zijn kleren en hij trachtte zich niet te storen aan de ontbrekende deur. De gloeilamp in het midden van het plafond leek hem meer schaduwen dan licht te geven, maar ook hiermee was hij tevreden.

Nog die avond stuurde hij zijn moeder een brief, waarin hij zijn functie beschreef, de omvang van het bedrijfsgebouw en het aantal mannen dat hem diende te gehoorzamen.

In de dagen die volgden kwam het Emile voor dat het werkritme van de arbeiders vertraagde. Ze slenterden door de werkruimte en namen de tijd om uitvoerig te kletsen. De aanwezigheid van hun chef leek hen hierbij niet te storen. Emile begreep dat dit een zet was op het speelbord van de macht en dat er een tegenzet van zijn kant werd verwacht. In zijn kantoortje bedacht hij een opdracht die voor de hele ploeg meerdere werkdagen in beslag zou nemen en niet echt plezierig was. Nadat hij deze taak voor alfa, bèta en gamma had geformuleerd, onderging Emile het drievoudige stilzwijgen met een onverstoorbare blik. Hij had die uitdrukking iedere avond voor de bevlekte spiegel in zijn slaapkamertje geoefend en er zo de laatste onzekerheid uitgehaald. De stilte, die eigenlijk op hen diende te drukken, liet hij langer duren dan de drie hadden verwacht.

'Werkweigering leidt tot onmiddellijk ontslag,' zei de chef zonder zijn stem te verheffen. De reactie van de ploeg bleef uit, waardoor Emile betwijfelde of ze het woord wel hadden begrepen.

'Wérk-weigering,' herhaalde hij kordaat en wachtte. De drie namen een gezwollen houding aan die niets verduidelijkte.

'Zestien hongerige magen die leeg blijven,' verduidelijkte Emile en hij zag hoe alle wenkbrauwen zich fronsten. Toen de drie mannen ongeveer gelijktijdig begrepen dat zestien de som was van al hun gezinsleden samen, schoot er vuur in hun blikken. Deze vreemde man was doorgedrongen tot hun kleinste kring. Ze leken zich niet te kunnen voorstellen dat die aantallen al jaren gewoon in het kantoortje te vinden waren.

Emile gaf hun alle drie een document met een omschrijving van de taken. 'Wat je hebt afgewerkt, duid je aan op deze lijst,' zei hij vriendelijk. 'Problemen die je opmerkt, noteer je in de rechterkolom.' De chef bekeek de mannen een voor een om te zien hoe ze op het papier reageerden. Een eindje verderop staken ze de koppen bij elkaar om de bladen te bekijken. Alfa leek er het beste mee overweg te kunnen.

Aan het eind van de werkdag riep Emile bèta naar zijn kantoor. Hij bekeek het blad en zag de zwakke streepjes die het voltooide werk moesten aanduiden. De rechterkolom was leeg. Emile informeerde naar problemen en kreeg een hoofdschudden als antwoord. 'Over de gebroken balk in het laatste rek heb je niets vermeld,' zei de chef vriendelijk. 'Wil je dat nog in de rechterkolom schrijven? Dan is het document in orde en heb ik een overzicht voor de taken van morgen.'

De geïsoleerde bèta keek naar alfa en gamma, die door het raam naar binnen gluurden. 'Geen probleem,' zei Emile, 'ik doe het wel even voor je.' Gedurende enkele vernederende seconden toonde hij bèta de pen en schreef met theatrale zwier de opmerking in de rechterkolom.

Het lege blad van gamma werd op dezelfde manier aangevuld en toen alfa met een hooghartige blik het kantoor binnenkwam, bekeek Emile met een zeker respect de volle rechterkolom. Hij liep de krabbels langs die alfa had weten neer te poten en gebruikte ze als basis voor een ernstig overleg.

De volgende dag kreeg alfa de opdracht om de taken te verdelen die Emile in een nieuw document had samengevat. De chef bleef in de buurt om de moeizaam voorgelezen instructies te kunnen horen. Zonder het zelf te willen, werd alfa hiermee de onderchef die de opdrachten uitdeelde en voor de dagplanning zorgde. Emile bemerkte het nauwelijks onderdrukte ongenoegen bij bèta en gamma, die zich meteen ondergeschikt voelden. Alfa werd koning eenoog met twee blinde onderdanen.

Een paar maal riep Emile alfa bij zich om het document, dat in de loop van de dag verder was aangevuld, te bespreken. De chef zag de drie ego's als ballen tollen en kaatsen. Alfa, die de eer niet kon weerstaan en loskwam uit de drieeenheid, bèta en gamma die hun gelijkheid plots als een degradatie aanvoelden. Het waren opnieuw zetten op het speelbord van de macht en Emile meende dat de overwinning zachtjes naar hem toe gleed.

De laatste werkdag van die week verliep alsof het nieuwe systeem al jaren draaide. Alfa had nu zijn eigen klembord, dat hij overal mee naartoe nam en tijdens de pauze met een opvallend gebaar op tafel neerlegde voor de ogen van bèta en gamma. De twee staarden naar de bladen met de mysterieuze krullen en streepjes die zoveel bleken te betekenen en keken aandachtig toen alfa er zelf een hele rij bij zette. Hun onvermogen schopte hard tegen hun zelfoverschatting.

Een uur voordat de vatenmakerij sloot voor de wekelijkse rustdagen werd de opslagplaats waar Emile aan het werk was plotseling verduisterd. De zuinige lampen boven de oude inventarisbladen aan de rekken werden gedoofd, terwijl de poorten gelijktijdig werden gesloten. Het enige licht dat overbleef, kwam naar binnen door kieren en gaten en door de vuile ruiten in het hoge dak. In een merkwaardig rustige reactie ging Emile een gang tussen twee rekken in en hurkte neer tussen de vaten. Toen hij voetstappen hoorde naderen, kroop hij verder weg in de diepe schaduw van het rek.

Emile hapte naar adem toen een harde slag op het vat naast hem een knal als een kanonschot voortbracht. De chef van de vatenmakerij kromp in elkaar en sloeg zijn armen om zijn hoofd. Meteen daarna volgde een tweede knal, die uitliep in een hels bombardement. Emile brulde, maar kwam niet boven het geluidsgeweld uit.

Na de laatste slag werden de stangen rustig op de vaten neergelegd en verwijderden de voetstappen zich even kalm als ze genaderd waren. Emile was niet in staat het aantal van de trommelaars in te schatten. Op de vaten lagen vier stangen.

Die avond verdoofde Emile zichzelf met een hoeveelheid alcohol die hij nooit voor mogelijk had gehouden. Hij had de flessen na zijn indiensttreding meegebracht als medicijn bij moeilijke momenten. In de spiegel staarde hij naar zijn verdwaasde evenbeeld en minachtte zichzelf om zijn geloof in de nakende overwinning. Hij had de kracht van de drieeenheid onderschat en stond nu terug bij het begin, of erger.

De twee rustdagen die volgden, kon Emile niet loskomen van de vreemde aanval in het donker. Pogingen om zijn gedachten af te leiden met boeken mislukten, geen enkele zin die hij las drong tot hem door. Urenlang wandelde hij doelloos door het gebouw, terwijl alfa, bèta en gamma er doorzichtig rondliepen. Ze vormden een driekoppig leger dat hem permanent belaagde met terreur, zonder bewijzen. De chef zou het voorval moeten negeren en op maandag gewoon de draad weer opnemen. Die helse minuten moest hij uit zijn leven schrappen, een andere mogelijkheid was er niet.

De dag na de wekelijkse rust verliep alsof er nooit iets was gebeurd. Zonder blikken van verstandhouding deden de drie kalm en onberispelijk hun werk, wat Emile in verwarring bracht. Hij overwoog of er twijfel kon bestaan over hun deelname aan de agressie, of er misschien sprake was van handlangers. Net als in zijn eerste dagen moest de chef zich weer concentreren op een zelfverzekerde, kalme houding. Hij zou de aanval stilzwijgend afdoen als een grapje dat hij zich grootmoedig had laten welgevallen en waarop hij niet eens meer wou terugkomen. Op een groot vat dat gamma net had afgewerkt, roffelde hij demonstratief een ritme met twee van de stangen die waren blijven liggen. De drie keken hem even dwaas aan als altijd.

Ook de volgende dagen werd er routineus gewerkt. Zoals steeds weerklonken alle geluiden die het lichaam kan voortbrengen, samen met het standaardgevloek en de voorspelbare vuilbekkerij. De gewone gang van zaken hield aan, waardoor Emile zichzelf overtuigde dat het een eenmalig grapje was geweest, ontsproten aan de drie primitieve breinen. Die vrijdag was hij wel op zijn hoede, omdat de eufore van de laatste werkdag wel eens tot nieuwe plannen zou kunnen leiden. Maar er gebeurde niets, zodat Emile een zalige ontspanning voelde toen gamma een groet gromde die telde voor de hele ploeg en als laatste de poort achter zich dichttrok.

Emile ging meteen naar zijn slaapkamer en schonk een groot glas vol met de jenever die hij zijn medicijn noemde. Met gulzige slokken goot hij alles naar binnen en genoot van de intense gloed in zijn slokdarm. De week was goed verlopen omdat hij de juiste keuze had gemaakt met zijn geveinsde grootmoedigheid. Die conclusie krikte samen met de alcohol zijn zelfvertrouwen weer op. Hij besloot zelfs een bezoek te brengen aan het café in het dorp en trok zijn beste vest aan, met een goed boek in de binnenzak.

Met een zalig gevoel verliet hij zijn kamer, ging de trap af en draaide de hoek om richting werkplaats. Net voor hij de poort kon openen, werd er een katoenen zak over zijn hoofd getrokken. Zijn spartelende benen werden moeiteloos vastgepakt en met grote kalmte werd zijn lichaam opgevouwen en in een groot vat neergelaten. Emile hoorde hoe met houten wiggen het deksel boven hem werd vastgezet, zo goed als waterdicht. Hij rukte de kap van zijn hoofd en worstelde daarna met zijn eigen lichaam, om min of meer gehurkt te eindigen. Met zijn schouders drukte hij tegen het deksel, waarvan hij wist dat geen kracht op aarde het open zou kunnen krijgen.

Emile ademde snel en voelde hoe de paniek zijn temperatuur deed oplopen. In de nauwe gevangenis was zijn strak gesneden vest een dwangbuis die zijn longen leek dicht te knijpen. Naarmate zijn ogen wenden aan de duisternis, zag Emile rondom zijn hoofd een cirkel van flauwe lichtvlekken verschijnen. Die ademgaten net onder het deksel maakten van de chef een dier, gevangen in een cadeaudoos. In een reflex bracht hij zijn neus naar één van de openingen en snoof de buitenlucht er gulzig doorheen. Meteen daarna gluurde hij in alle richtingen naar buiten, maar het schemerlicht in de werkplaats was te zwak om iets te kunnen onderscheiden.

Emile drukte zijn handpalmen hard op zijn oren om ze te beschermen tegen de nieuwe lawaaiaanval die hij verwachtte. Hij bevond zich nu midden in de klankkast van de reuzentrommel en vreesde voor zijn gehoor. Maar in plaats van harde knallen spoot er vloeistof door de gaten naar binnen. Zijn vest raakte doorweekt en meteen herkende Emile de geur van urine. Spatten kwamen terecht op zijn handen en een straal raakte hem in de nek, zodat de warmte over zijn schouders naar beneden liep. De chef onderging de kwelling met het soort gelatenheid waarmee een verliezer zijn lot aanvaardt.

Even later hoorde Emile het ratelende geluid van kettingen die langs katrollen naar beneden werden gelaten. Hij voelde het vat enkele keren lichtjes kantelen toen het aan het takelsysteem werd bevestigd. Meteen daarna kwam het los van de vloer en begon het zachtjes te wiegen. Emile voelde hoe kleine duwtjes een slingerbeweging in gang zetten, die langzaam overging in een draaiing. Toen voelde hij iets op zijn rug vallen, dat meteen daarna terechtkwam op de bodem van het vat. Enkele tellen later weer iets, op zijn mouw dit keer en een geur begon die van de urine te overstijgen. Op de tast zocht Emile naar wat door de ademgaten naar binnen was geduwd. Meteen viel op zijn schoen een derde brokje, dat hij met zijn zakdoek voorzichtig vastnam en instinctief naar zijn neus bracht.

De geur van de urine was bijna aangenaam naast deze onnoembare stank. Een soort intense flauwheid was het, die onmiddellijk de maag vulde en zo langs de slokdarm weer omhoog leek te komen. Emile duwde het brokje terug naar buiten en klauwde in het rond om de andere te vinden. Meteen werden twee nieuwe brokjes door de gaten geduwd, zodat de geur van het rottend vlees het vat volledig vulde, terwijl dat aan de kettingen rondtolde. De gevangene braakte zijn maag leeg, kromgebogen in zijn houten cel. Zijn bewustzijn begon te verzwakken als bescherming tegen de walging en de beklemming.

Na enkele minuten kwam het vat met een hevige schok weer op de vloer terecht, waardoor het tollen bruusk ophield. Enige tijd gebeurde er niets en waren er alleen geluiden die een nieuwe actie aankondigden. Het flauwe licht rondom het vat werd ineens zo fel dat de ademgaten heel even op lampen leken. Dikke brandende wieken werden door de openingen naar binnen geschoven en erin vastgeklemd. De vlammencirkel stelde alle zintuigen van de gevangene weer op scherp, zodat hij zijn ogen wijd opensperde en diep begon te ademen.

De kleine nachtcamera in het vat kon het felle licht niet aan en stuurde een helwit beeld naar de lege muur in de werkplaats. Meteen nam een tweede cameraatje het over en werd hetzelfde beeld in volle kleuren geprojecteerd. Op de witgekalkte muur tussen de gestapelde vaten staarde Emiles verschrikte blik nu, met de zes kleine toortsen als flikkerend aureool om zijn hoofd.

Twintig toeschouwers konden alles van heel dichtbij volgen op een verrijdbare tribune met draaistoelen. Zelfs de kijkhoogte was instelbaar, zodat het publiek Emile had kunnen begluren in zijn slaapkamer boven de werkplaats. Alleen de donkere binnenkant van het grote vat diende te worden gefilmd. Nadat het deksel met wiggen was vastgezet, was het beeld verschenen op de lege muur vlakbij. Zo had het publiek zicht gekregen op de drie acteurs rondom het vat en tegelijk op de gevangene binnenin.

Het publiek zat nu gretig te kijken naar het effect van de vlammen in het vat. De kleine camera registreerde haarscherp de doodsangst van Emile, die ineengekrompen zat, zo ver mogelijk van de hitte vandaan. Terwijl het vuur de zuurstof in het vat snel verbruikte en tegelijk zwarte rook vormde, begonnen de toeschouwers voor het eerst te overleggen. De mogelijke aanwezigheid van verborgen zuurstofleidingen en de echtheid van het vuur werden bediscussieerd. Aarzelend bewonderde men het acteertalent van de man die zo 'n doodsnood kon imiteren. Uit angst het slot van deze experimentele voorstelling te verknoeien, durfde niemand als eerste de tribune te verlaten om het vat te openen. Toen iemand op de laatste rij de uitgebreide mogelijkheden van beeldmanipulatie ter sprake bracht, reageerde de rest dankbaar. Opgelucht keek iedereen naar de tweedimensionale Emile, die langzaamaan bewegingloos verdween in de dichter wordende rook. De projectie eindigde met een volkomen zwart beeld en met een klik viel ook de geluidsweergave uit.

Alfa, bèta en gamma lieten het rokende vat achter en schuifelden naar de witte muur. Het elitaire publiek applaudisseerde beschaafd maar enthousiast en prees de afloop, die bruusk was maar daardoor juist intrigerend. De drie-eenheid groette niet, maar slofte al pratend in de richting van de tribune. Ze begonnen te roken en luid lachend te praten. De twintig toeschouwers werden ook na het applaus genegeerd en konden de tribune, die zich in de hoogste stand bevond, niet verlaten. Het leek alsof de drie hun rol in volle minachting nog even voortzetten.

Uiteindelijk verplaatsten ze eigenhandig de constructie met de zitplaatsen: alfa trok en stuurde, bèta en gamma duwden. Ze deden het bruusk en lieten al rijdend het vlak met de draaistoelen naar beneden komen. Alfa liep wat voorop en opende de poort, zodat de tribune meteen naar buiten kon worden gereden. Daar werd het publiek achtergelaten en de drie verdwenen zonder omkijken weer in de werkplaats.

Enkele dagen na de voorstelling ontvingen de twintig genodigden een enveloppe met een fraai gedrukt overlijdensbericht. Bijna allemaal vonden ze dat erg vernieuwend, een brug tussen theater en werkelijkheid.

COSTA SPURIA

Iedereen verwacht dat mijn werkplaats groezelig is, omdat men denkt aan donkere verhalen en verwrongen geesten. Het licht kan alleen maar komen van een kaars, die dansende schaduwen werpt op diep gevoegde muren. Er moeten rollen perkament liggen, tussen stapels eeuwenoude boeken en een brilletje met ronde glazen in een dik, zwart montuur. En een fles met sterkedrank, die altijd klaarstaat om de vreemde arbeid te verzachten.

Het moet een duffe zolder zijn, maar liever nog een klamme kelder met zwammetjes op de ruwe muren. En in de krassen in de pleisterlaag is de naam te lezen van iemand die er vroeger heeft gewoond. Zwaar verankerd in de muur dienen ijzeren ringen een niet meer te achterhalen doel. Een teerlaag op het kelderraam sluit het lichte leven buiten, waardoor alleen een gelig schijnsel overblijft. En de enige weg naar boven is een leuningloze trap, met aan de muurkant glad afgesleten treden.

Ikzelf kan ook alleen maar wereldvreemd zijn, mensenschuw en een beetje angstaanjagend. Men vindt het vreemd dat ik geen ongewone lichaamsbouw heb, met een horrelvoet of een kort been dat zorgt voor een wankele gang. En dat mijn kleren niet donker en smoezelig zijn, met leren delen die glimmen van de ouderdom. Ze denken aan een kiel in dikke, ruwe stof, die helemaal verhard is rond mijn lichaam als het schild rond een kever.

Vrienden kan ik niet krijgen, want geen mens wil iemand kennen die doet wat ik doe. Mijn buren kunnen niet anders dan vriendelijk zijn, vanuit een soort van overmacht. En de bel aan mijn deur wordt nooit gebruikt.

Alleen het oude besje dat vlak naast me woont, spreekt me elke keer weer aan. Onbevreesd noemt ze me een fijne jongen en informeert ze naar mijn werk en of ik wel voldoende groenten eet. Steeds weer maakt ze grapjes over haar keuken die soms wel een slachthuis lijkt, over de beentjes die overblijven na haar maaltijd en dat ik er wel wat mag komen uitzoeken. En altijd antwoord ik dan met een theatrale, lage stem, dat ik alleen maar mensenbotten wil. Dan belooft ze me een mooi cadeau, heel spoedig, terwijl ze schaterend op haar ribben klopt.

Iedereen denkt dat ze seniel is, of simpel van geest of gewoon stilletjes gek, waardoor haar contact met mij een verklaring krijgt. Men vertelt haar regelmatig gruwelverhalen over weerloze oudjes en goedgelovigheid. Uit haar tandeloze mond komt dan een vrolijke spreuk die kant noch wal raakt, waarna de bezorgdheid weer voor een tijdje verdwijnt.

Ik heb me gevestigd in dat leeggelopen dorp waar alleen nog wat oudjes zijn achtergebleven. Ze zijn de jeugd niet naar de stad gevolgd, omdat ze hun leven willen afsluiten in de rust en de eenvoud van hun kinderjaren. Ik ben tot nu toe de enige vreemdeling die er een huisje heeft gekocht, voor de prijs van de stenen en het dak. Het is de vreemde liefde voor het alleen-zijn die me ernaartoe bracht. Ik ben oud geboren, waardoor de rust en de eenvoud van het verleden ook mij aantrekken.

Zwijgend op een bank zitten kijken naar het lege landschap en wat de wind ermee doet, het geeft me een ongewoon genot dat mijn hele lichaam doortrekt. In mijn ontelbare vrije uren wandel ik door de lege straatjes, tussen de verlaten huizen en langs het pleintje waar ontelbare levens hun sporen hebben achtergelaten. Mijn geestesoog ziet taferelen met spelende kinderen, straathonden en mannen voor de deur van het café. Iemand moet ooit als laatste die deur hebben dichtgetrokken die nu vermolmd uit de hengsels ligt. En iemand heeft ooit de laatste vruchten geplukt van de dorre boom in het ommuurde tuintje ernaast.

Het liefst loop ik natuurlijk tussen de graven rondom het kleine kerkje. Ik ken ze ondertussen allemaal, het zijn er niet zo veel. Op het oudste is het sterfjaar onleesbaar en het jongste werd zeven jaar geleden dichtgelegd. Van iedere sterveling bereken ik de leeftijd en mijn gedachten geven ze een lichaam dat past bij de geëmailleerde portretten op de zerk. Ik laat ze wonen in een van de huisjes waar ze stukjes uit hun leven overdoen, helemaal los van wat het zal zijn geweest.

Mijn wandelingen op het kleine kerkhof, het neerhurken en betasten van het verweerde arduin, is de dorpelingen natuurlijk niet ontgaan. Ze zien me bezig en verbazen zich over mijn concentratie en over de duur van mijn aanwezigheid. Ik zie hoe ze over mijn mogelijke plannen discussiëren, met bezorgdheid en argwaan. En vooral met toenemende ergernis, omdat ik woel in de intimiteit van hun verleden.

Ik moet toegeven dat het aan mezelf ligt. Tot de meest aantrekkelijke verschijningen zal ik nooit behoren en veel zeggen doe ik niet. Mijn beroep neemt me zodanig in beslag dat ik het van de stad mee naar huis neem, in de vorm van foto's, rekenbladen en verslagen. En een enkele keer neem ik zelfs het voorwerp van mijn onderzoek mee, een *femur* van net geen halve meter, een *patella* die in de palm van mijn hand past of een minuscule *ossicula auditus* in een glazen potje. Het instituut staat het eigenlijk niet toe, maar mijn expertise en staat van dienst geven me krediet.

Eén keer is het gebeurd dat ik een pakje van drie *costae* heb laten vallen, twee *costae verae* en een *costa spuria*. En die laatste is toen uit de verpakking gegleden als een mergpijpje uit de wikkel van de slager. Mijn buurvrouw, die het wou oprapen, kwam niet verder dan staren, eerst naar de grond en toen naar mij. Haar man bukte zich, zo goed als hij nog kon en raapte het gekromde beentje op. Hij hield het omhoog tussen onze hoofden, een gek gezicht, en stelde zijn vraag met zijn blik. Met mijn wijsvinger heb ik toen op juiste plaats in mijn ribbenkast geduwd en gezegd: 'Het is voor mijn puzzel van tweehonderdenzes stukken, hij is bijna af.'

Ik kom te weinig onder de mensen om mijn gevoel voor humor bij te stellen, dat moet veranderen. Ik ga er wat meer over lezen.